長編小説

下町とろみつ通り

〈新装版〉

葉月奏太

竹書房文庫

目次

第一章　しっとり女将

1

　ここのところ穏やかな天気で、過ごしやすい日々がつづいている。目がまわるほど忙しかったゴールデンウィークも終わり、『福猫通り』には静かな日常が戻っていた。

　東京都下の下町にある『福来神社』は、子宝に恵まれることで知られている。その福来神社の参道が福猫通りだ。

　駅から神社まで、二百メートルほどつづく石畳の参道には、団子屋や煎餅屋、土産物屋などが軒を連ねている。下町情緒が溢れており、心持ち時間の流れがゆったりしているようだ。参拝客の多くは足をとめて店を覗き、記念に写真を撮っていく。初めて来たはずなのに、不思議と懐かしさを覚える場所だった。

福猫通りというのは、もともと正式な名称ではなく、参道に猫が多いことから自然とそう呼ばれるようになったという。確かに駅から神社に向かって歩けば、猫を二、三匹は必ず見かけた。

（そういえば、今日はいなかったな）

川島晃太郎は厨房の流しで皿を洗いながら、ふと背後を振り返った。

団子や饅頭が並んだガラスケースの向こうに喫茶スペースがあり、テーブルが四つほど並んでいた。さらにその先にガラス戸が開け放たれた入口が見える。藍色の暖簾が揺れている下では、三毛猫が寝そべっていた。

（おっ、いたいた）

いつの間にか定位置について、すっかりくつろぎモードだ。「ミケさま」と呼ばれているその猫は、毎日、どこからともなく店先にやってくる。誰かが飼っているわけではなく、参道のみんなに可愛がられている猫だった。

晃太郎は二十歳の大学生だ。この春、二年生になったばかりで、駅の裏にあるアパートでひとり暮らしをしている。甘味処『きたがわ屋』でアルバイトをはじめて、かれこれ二か月が過ぎていた。

「いらっしゃいませ」

明るい声で接客しているのは喜多川弘美、きたがわ屋の看板娘だ。バイトをはじめてから知ったことだが、彼女は晃太郎が在籍している大学の卒業生だった。

（弘美さん、やっぱりいいよなぁ）

晃太郎の視線は、いつの間にかミケさまから弘美に移っていた。

こちらに背を向けて、ガラスケース越しに客と言葉を交わしている。清潔感溢れる白いブラウスに焦げ茶のフレアスカート、それに胸もとに店名が入った藍色のエプロンを着けていた。

肩先でふんわりと揺れるセミロングの黒髪を、すっと耳にかける仕草に惹きつけられる。涼やかな横顔に、ついつい見惚れてしまう。

弘美は五つ年上の二十五歳。父親と二人三脚で店を切り盛りしており、きたがわ屋には欠かせない存在となっている。そんな彼女からすれば、大学生の晃太郎など子供にしか見えないだろう。

「ありがとうございました」

弘美が客を見送る後ろ姿を見つめながら、晃太郎は小さく息を吐きだした。

（どう考えても、無理だよな……）

自分など相手にされないのはわかっている。それでも、近くにいられるだけで幸せだった。

晃太郎は北陸の田舎町の出身で、東京での華やかなキャンパスライフを夢見て上京した。ところが、実際は今ひとつ満喫できていない。というのも、入学当初に風邪をこじらせて熱を出し、一週間ほど大学を休んだのが原因だった。

久しぶりに大学に行ってみると、みんなが仲良くなっていることに驚いた。いくつかグループもできていたが、晃太郎は元来内気な性格ということもあり、上手く輪に入れなかった。いきなり乗り遅れて、なんとなく馴染めないまま、ずるずると大学生活を送っていった。

なにもいいことがないまま、気づくと一年が終わってしまった。

春休みに入っても、友だちと遊ぶ約束もなく暇な毎日を過ごしていた。そんなある日、ひとり暮らしのアパートから歩いても行ける、近所の神社にお参りしようと思い立った。

気持ちよく晴れた日だった。ひとりで参道をぶらぶら歩いているとき、甘味処で元気に働く弘美を見かけた。

全身に走り抜けた衝撃は、今でもはっきり覚えている。ひと目惚れだった。溌剌とした彼女の近くにいるだけで、元気を分けてもらえる気がした。店の入口にバイト募集の張り紙を見つけて、やってみようと思いたった。

一時的なことだとしても晃太郎が積極的になったのは、間違いなく彼女に出会った影響だ。その場で話をして、履歴書は後から持っていった。そして、すぐに採用が決まり、翌日から働きはじめた。

あれから二か月――。とっくに春休みも終わり、今は大学の講義が終わるとまっすぐここに来て、閉店の十八時まで洗い場に立っている。客に出す食器だけではなく、仕込みに使う道具もあるので、洗いものはかなりの量だった。

「弘美ちゃん、繁盛してるかい？」

店の前を通りかかった年配の女性が、暖簾を片手であげて声をかけてきた。

あれは飴屋のトメさんだ。こうして、ちょこちょこ顔を出しては、たまに団子を買っていく。弘美のことを孫のように可愛がっていた。

「平日だからのんびりしてるの」

弘美はそう言うが、洗い場はそれなりに忙しい。前のアルバイトが辞めて晃太郎が入るまで、彼女が接客しながら洗いものをしていたというから大変だったろう。

「お茶でも飲んでいって」

「また今度、寄らせてもらうよ」

トメさんは皺だらけの顔をくしゃっとさせて笑うと、ミケさまの頭を撫でまわして満足そうに帰っていった。

こうして弘美に声をかけてくるのは、トメさんだけではない。若くて元気で明るくて、そのうえ真面目で父親思いの弘美は、みんなから愛されている。言わば福猫通りのアイドル的存在だった。

トメさんが帰ると、弘美は布巾でガラスケースを拭きはじめた。相変わらず、片時も休むことなく働いている。そのとき、後方に突きだされたスカートの尻に、双臀の丸みがくっきり浮かんだ。

(おおっ！)

喉もとまでこみあげてきた感嘆の声を、きわどいところで抑えこむ。それでも、目を大きく見開いて凝視した。

清楚な弘美だからこそ、ふとした瞬間に見せる女性らしさにドキリとする。布巾を持った手を動かすたび、張りのあるヒップが左右に揺れた。いけないと思っても、目を逸らすことができない。晃太郎は湯飲みをスポンジで擦りながら、背後ばかり気にしていた。

「手がとまってるぞ！」

突然、怒鳴り声が厨房に響き渡った。

斜め後ろの作業台で団子を作っていた喜多川泰造が、ただでさえ鋭い目を吊りあげていた。

泰造は弘美の父親だ。口は悪いが腕のいい和菓子職人で、いつも白い作業着に身を包み、朝から晩まで団子や饅頭を黙々と作っていた。

接客は弘美、厨房は泰造というふうに、父娘でしっかり役割分担がされている。しかも、二人の息はぴったりだ。弘美が蜜豆や汁粉などの注文を受ければ、泰造が手際よく準備をして客を待たせなかった。

「ぼんやりしてないで手を動かさんかっ」

痩せぎすの五十六歳だが、普段から必要以上にパワフルだ。自分が和菓子作りに情熱を注いでいるので、気合いの入っていない仕事は許せない質だった。

「晃太郎！」

「は、はいっ」

晃太郎は肩をすくませて返事をすると、慌てて皿を洗いはじめた。

額の汗を拭うこともなく、とにかく手を動かす。とはいえ、気持ちは背後の弘美に向いている。そもそも彼女に恋をしたことで、このバイトをはじめたのだ。気になるのは当然のことだった。

それにしても、泰造は仁王像のような強面だ。弘美がこの男の娘だというのが信じられない。五年前に亡くなったという妻が、よほど美人だったのだろうか。

（はぁ……また怒られちゃったな）

泰造に怒鳴られるのは慣れっこだが、それを弘美に見られるのはつらかった。肩を落としながら、皿にスポンジを擦りつける。こびりついた団子が乾燥して硬くなっていた。グッと力を入れた瞬間だった。

「あっ！」

指先からツルリと皿が滑り、流しに落ちて大きな音を立てる。置いてあった皿も巻きこみ、豪快に割ってしまった。

「す、すみませんっ」

慌てて謝罪するが、泰造の雷（かみなり）が落ちたのは言うまでもない。たまたま客がいなかったからよかったものの、皿の割れる音は悪い印象しか与えないだろう。店の前で寝転んでいたミケさまが、驚いてどこかに逃げていった。

（大失敗だ……）

さすがに落ちこんだ。バイトをはじめた頃は、二、三枚割ったが、最近は失敗しなくなっていた。ゴミ箱を持ってきて、割れた皿の破片を慎重に取り除いていく。

「慌てなくていいから気をつけろ」

泰造が声をかけてきた。先ほどとは打って変わった静かな声だった。

「はい……」

うつむいたまま返事をすると、誰かが背後に歩み寄る気配がした。

「怪我（けが）はなかった？　手を見せて」

弘美が心配そうに言いながら、晃太郎の手をそっと取った。

「あ、あの……だ、大丈夫ですから」

秘かに想いを寄せる女性に、手を握られている。困惑してつぶやくが、彼女は晃太郎の両手を隈(くま)なくチェックした。表にしたり、裏にしたり、さらには白くて細い指でやさしく撫でまわしてくる。

「慣れてきた頃が危ないのよ。晃太郎くんの洗い方が上手になったって、ちょうどお父さんと話してたところだったの」

「えっ、親父(おやじ)さんと？」

思わず振り返って見やると、泰造は聞こえているはずなのに、いっそう険しい顔で団子を丸めている。職人気質(かたぎ)のせいか、面と向かって人を褒めることをしない。そんな泰造が少しでも認めてくれたとは意外だった。

「そろそろ気をつけるように言ってあげればよかったわ。ごめんなさいね」

弘美に謝られて、なおのこと申し訳ない気持ちになってしまう。晃太郎は慌てて手を離すと、腰を深く折って頭をさげた。

「い、いえ、そんな……すみませんでした」

「失敗は誰にでもあるわ。とにかく、怪我がなくてよかった」

笑みを向けられて、晃太郎は顔がカッと熱くなった。自分でも赤くなっているのがわかるから、なおさら恥ずかしくなる。顔を隠そうと流しを覗きこみ、再び割れた皿の破片を拾いはじめた。

弘美もいっしょになって拾ってくれる。なんてやさしい人なのだろう。晃太郎の心は、ますます惹きつけられていった。

（弘美さんが隣に……）

こうして、彼女と肩を並べているのが嬉しくてならない。微かに漂ってくる甘いシャンプーの香りを、気づかれないように吸いこんだ。

（ああ、なんていい匂いなんだ）

童貞の晃太郎にとっては、この芳香だけでも刺激が強すぎた。股間がむずむずして、緊張感ばかりが高まってしまう。

こういうとき、軽く言葉を交わすことができれば、一気に距離を縮められるのだろう。頭ではわかっているが、気の利いた話題が思いつかない。仮に思いついたとしても、気軽に話す勇気がなかった。

「最近、福来さまに行った？」

ふいに弘美が尋ねてくる。福来神社のことを、地元の人たちは愛着をこめて「福来さま」と呼んでいた。

参拝したのは二か月前だ。そのとき、弘美を見かけたのがアルバイトをはじめるきっかけだった。あれが最近のことに入るのか、それとも少し前のことになるのか、悩みながら口を開いた。

「最近ってわけでは……」

「じゃあ、後でお参りに行かない？」

弘美の声は、いつにも増して明るかった。思わず顔をあげると、彼女は眩いばかりの笑みを浮かべていた。

「福来さまにお願いすれば、なにかいいことあるかもよ」

想いを寄せる女性に言葉をかけてもらえただけでも、充分いいことだ。これ以上のことを望んだら罰が当たるのではないか。そう思いながらも、赤い顔で何度も頷いていた。

「じゃあ、お店を閉めたらね」

そこまで話したところで、客の声が聞こえてくる。弘美は身体を反転させると、足取り軽く接客に向かった。

（やった……やったぞ）

晃太郎の心は早くも高揚していた。

小躍りしたいのを懸命に抑えて、洗いものを再開する。バイトをはじめてから、休み以外は毎日、彼女と顔を合わせているが、二人で出かけたことはない。たとえ同情だとしても、これほど嬉しいことはなかった。

かつてない集中力を発揮して、閉店まで脇目も振らず洗いものをつづけた。

夕方六時になり、三人で店仕舞いをする。シャッターをおろして、いつものように手分けして掃除をした。

「おい、晃太郎、これ持って帰れ」

泰造が紙包みを差しだしてくる。団子の包みだと、ひと目でわかった。

「いいんですか？」

思わず聞き返すが、泰造はなにも答えず、包みを袋に入れてくれた。

きっと怒鳴ったことを気にしているのだろう。強面で無愛想で口は悪いが、本当はいい人だとわかっていた。

「ありがとうございます、いただきます」

晃太郎は礼を言うと、遠慮することなく素直に受け取った。そのほうが泰造が喜ぶと知っていた。それに泰造の団子は本当にうまいし、なにより気遣ってくれるのが嬉しかった。

「晃太郎くん、行こうか」

弘美が声をかけてくる。エプロンを取っただけなのに、いつもとまったく違って見えるから不思議だった。

参道は夕日に照らされていた。

ほとんどの店がシャッターをおろしており、開いているところも閉店準備をしている。すべてがオレンジ色に染められて、参道の石畳も眩いほどだった。

さりげなく隣を見やると、弘美の横顔は夕日を浴びて黄金に輝いていた。こんな素敵な女性と、肩を並べて歩いているのが信じられなかった。

「弘美ちゃん、お参りかい？」

だるま屋の前を通りかかったとき、店主の源助じいさんが声をかけてきた。八十近いはずだが、声が嗄れているだけでまだまだ元気だ。

「はい、久しぶりに」

「そうかい、そうかい。福来さまによろしく言っておいておくれ」

源助じいさんは、目を糸のように細めて笑いながらシャッターをおろした。結婚して家を出たひとり娘の姿を、弘美に重ねているのだろう。可愛くて仕方がないようだった。

猫が一匹、二匹と歩いている。参拝客を癒す仕事を終えて、それぞれの寝床に帰るのだろう。立ちどまって伸びをする姿がのんびりしており、じつに微笑ましい光景だった。

「あれ、二人仲良くどこ行くの？」

すぐにまた声をかけられた。今度は薬局のおばちゃん、タエさんだ。ちょうど看板をしまおうとして、店から顔を出したところだった。

タエさんは五十過ぎの明るい人で、二日に一度はきたがわ屋に顔を出す。甘い物が大好きで、とくに栗饅頭には目がなかった。

「あ、手伝いますよ」

晃太郎が手を貸そうと近づくと、いきなり肩をペシッと叩かれた。

「痛っ」

「晃太郎ちゃん、あんたも隅に置けないね」

タエさんがニヤニヤしながら片目をつぶる。どうやら、大きな勘違いをしているらしい。これは正しておかないと、おかしな噂が参道にひろまってしまう。

「な、なに言ってるんですか、違いますよ」

「違うのかい？　こんな可愛い娘が近くにいるのにもったいない」

底抜けに明るいのはいいが、勝手な解釈をするのは困ったものだ。それでも、みんなを笑顔にするおばちゃんだった。

「は、はは……参りましたね」

「タエさんって、面白いわね」

弘美は楽しそうに笑っている。気まずくならなかったのが、せめてもの救いだ。焦るあまり、Tシャツの背中が汗でびっしょりになってしまった。

神社に辿り着くまで、大勢の人に声をかけられた。

こうして歩くと、あらためて弘美が参道の人気者であることを実感する。家族同然に愛されているのが伝わってきた。地元で働く若者は少ないので、なおさら弘美の存在は貴重なのだろう。

鳥居を潜ると、重厚感のある瓦屋根の社殿が見えてきた。

二か月前はひとりだったのに、片想いの女性といっしょに来ることになるとは思わなかった。

賽銭箱の前に並んで立つと、なおのこと緊張感が高まっていく。

ジーパンの後ろポケットに突っこんでいた財布から、五円玉を取り出して賽銭箱に投げ入れる。手を合わせるが、隣の弘美が気になって仕方がない。横目でそっと確認すると、なにやら神妙な顔つきだった。

いったい、彼女はなにをお願いしているのだろう。こうしていると、二人だけの特別な儀式をしているようで胸が高鳴った。

（いつか、弘美さんとお付き合いできたら……）

手を合わせて心のなかでつぶやくが、すぐに虚しさがこみあげた。

どう考えても、彼女と交際できるはずがない。なにしろ、いっしょにいるだけでも気後れしてしまう。弘美は福猫通りのアイドルだ。さらには年上の大人の女性で、晃太郎にとっては高嶺の花だった。

「そろそろ帰ろうか」

ふと弘美が声をかけてくる。晃太郎は乱れた胸のうちを押し隠して頷いた。

肩を並べて参道をゆっくり戻っていく。すでに薄暗くなっており、西の空だけがわずかな茜色に染まっていた。街路灯がついており、大半の店が閉まっている。参拝客の姿は見当たらず、昼間の喧騒が嘘のように静かだった。

「なにをお願いしたの？」

弘美に尋ねられて、一瞬言い淀んでしまう。本当のことなど言えるはずがない。彼女との交際を望んでいたが、畏れ多くてまともにお願いすらできなかった。

「えっと……まあ、いろいろ……」

誤魔化そうとすると、弘美は悪戯っぽい表情を浮かべて、晃太郎の顔を覗きこんできた。

「ふうん、教えてくれないんだ」

日頃から明るい彼女だが、いっそう楽しそうに笑っている。今は仕事を離れていることもあり、リラックスしているのかもしれない。少女のようにはしゃいでいる姿が、より魅力的に映った。

「弘美さんは、なにをお願いしたんですか？」

思いきって尋ねてみる。普段だったらなにも言えないが、彼女が気さくに接してくれるので、晃太郎の気持ちも多少ほぐれていた。

「わたしは……」

ほんの少し考える仕草を見せると、弘美は肩をすくめて「ふふっ」と笑った。

「やっぱり内緒」

「ええっ！」

反射的に声をあげてしまう。こんな調子で話すのは初めてだ。自分でも驚いているが、弘美のペースにすっかり巻きこまれていた。

「本当はね、この幸せがずっとつづきますようにってお願いしたの」

遠い目をして教えてくれる。

きっと今の暮らしに満足しているのだろう。弘美が福猫通りを愛しているのは、日頃の言動から伝わってくる。だからこそ、参道のみんなも彼女を可愛がっているに違いない。

（でも、なんか……）

彼女の瞳に憂(うれ)いが滲(にじ)んでいる。なにか心配事でもあるのか、表情に陰りが見えた気がした。

「やあ、弘美ちゃん」

ふいに呼びかける声が聞こえて、二人の足が止まった。周囲を見まわすと、漬物屋から藤谷清隆が軽く右手をあげながら現れた。

清隆は老舗漬物屋『漬物の藤谷』の跡取り息子だ。とはいっても、どこかふらふらしており、家業を継ぐ覚悟が感じられない。参道の人たちは陰で「ぼんぼんの若旦那」と揶揄しているが、本人は相変わらずどこ吹く風だった。

「どこに行ってたの?」

清隆は気安く弘美に話しかけた。

今日も白いポロシャツの襟を立てており、ベージュのチノパンを穿いている。せめて前掛けかエプロンを着ければいいのにと思う。およそ漬物屋らしくない服装が、なおのこと彼を浮いた存在に見せていた。

「福来さまに行ってきた帰りなの」

弘美がさらりと答える。すると、清隆は「へえ」などと興味なさそうに言いながら近づいてきた。

「じゃあ、食事にでも行こうか。ちょうど店を閉めるところだったんだ」

まるで晃太郎の姿が目に入っていないようだ。完全に存在を無視して、弘美にだけ語りかけていた。

「今日は少し疲れちゃったから、早く休もうと思って」

「それは残念、また今度誘うよ」

弘美がやんわり断ると、清隆は気障ったらしくウインクを返す。それを見て、晃太郎は思わず顔をしかめていた。

（こいつ、弘美さんのこと……）

狙っているのは明らかだ。今のところ弘美にその気はないようだが、老舗漬物屋の息子が誘うところを目の当たりにして、胸の奥がもやもやした。

2

弘美と福来神社に参拝してから数日が経っていた。

福猫通りには、相変わらずほんわりとした空気が流れている。飴屋の軒先では白い猫が毛繕いをしており、天ぷら屋の前ではトラ猫が参拝客に頭を撫でられて、愛想を振りまいていた。

きたがわ屋の正面で日向ぼっこをしていたミケさまは、いつの間にか丸くなっている。一日のほとんどを寝て過ごすが、弘美と泰造は招き猫のように幸運を呼び寄せてくれるとありがたがっていた。

　大学の講義を終えた晃太郎は、いつものようにきたがわ屋に直行してアルバイトに精を出している。バイトをはじめて毎日が忙しくなったが、ひとり暮らしのアパートに帰ったところでミケさまのようにごろごろするだけだ。それなら、労働に勤しむほうがずっと健全だろう。

「親父さん、俺、店の前を掃いてきます」

　洗いものがなくなったので、背後で饅頭の生地を捏ねている泰造に声をかけた。

「うむ」

　たったひと言だが、返事をしてくれる。どうやら生地の出来がいいらしい。強面なので、常に怒っているように見えるが、今日の機嫌は悪くなかった。

　箒とちりとりを持って、ガラスケースの横を抜けていく。弘美は喫茶スペースのテーブルを布巾で拭いていた。

「お掃除してくれるの？」

「はい、なにかあったら呼んでください」

　ほんの少し言葉を交わしただけで、顔が熱くなってしまう。ぺこりと頭をさげて表に逃げた。

　雲ひとつなく晴れ渡った空を見あげて、大きく息を吸いこんだ。

　危うく顔が真っ赤になるところだった。いっしょにお参りに行ってから、ますます弘美のことを意識してしまう。手が届かないとわかっているが、彼女への気持ちは募る一方だった。

　眠っているミケさまに注意しながら、店の前を掃いていく。とはいっても、この時期は落ち葉もないので、綺麗なものだった。

「こんにちは」

　爽やかな声が聞こえて振り返る。すると、そこには麻生佳奈子が立っていた。

　グレーの地にとんぼが描かれた絽の着物を羽織っている。彼女は『鰻屋麻生』の四代目の妻だ。女将という責任ある立場上、いつも着物で黒髪をきっちり結いあげている。切れ長の瞳はいつ見ても涼やかだった。

　確か三十二歳と聞いている。肌艶は二十代前半のように若々しい、落ち着いた大人の女性だった。

「どうも、こんにちは」

「晃太郎くんは、いつも偉いわね」

　穏やかな口調で言われると照れ臭くなってしまう。

　彼女はきたがわ屋の常連客でもある。みたらし団子が好きらしく、必ず二本買っていく。老舗の女将だが、まったく偉ぶったところはない。顔を合わせれば、アルバイトの晃太郎にも必ず声をかけてくれた。

「仕事ですから」

遠慮がちに答えれば、佳奈子は口もとをほころばせる。目を細めて見つめられると、それだけで胸の鼓動(こどう)が速くなった。

「まあ、謙虚なのね」

なにをするにも品がある。自分のまわりにはいなかったタイプで、どう接すればいいのかわからない。いつも曖昧(あいまい)な笑みを浮かべて誤魔化していた。

思い返せば、参道の人で最初に声をかけてくれたのが佳奈子だった。バイトに慣れていない晃太郎を、「がんばってるわね」「無理をしちゃダメよ」「なにかあったら言ってね」と気遣ってくれた。そのたびに晃太郎は感激していたが、例によって上手く言葉を返せず、会釈するだけだった。それでも、佳奈子は懲(こ)りずにいつも話しかけてくれた。

(こんなに綺麗なのに、なんていい人なんだ)

弘美にひと目惚れしていなかったら、きっと佳奈子のことを好きになっていただろう。実際、しっとりとした美形で、参道を少しでも歩こうものなら、すれ違う参拝客が必ず振り返るほどだった。

「お仕事にも慣れたみたいね」

佳奈子がふんわりと語りかけてくる。

「時間ができたから、お掃除をしているのでしょう？」

自分も店で働いているのでわかるのだろう。皿洗いを手際よく終えた晃太郎のことを、感心したように見つめてきた。

「お仕事を覚えるのが早いのね」

「お、俺なんてまだまだです」

「でも、すごく真面目だって聞いてるわよ」

意外な言葉だった。いったい、誰がそんなことを言ったのだろう。普通に考えたら、泰造か弘美のどちらかだ。

（もしかして、弘美さんが……）

そう考えただけで、口もとがほころんでしまう。慌てて引き締めると、もう一度同じ言葉を繰り返した。

「まだまだです」

「ふふっ、晃太郎くんて面白いのね」

なにが面白いのかよくわからないが、佳奈子が笑ってくれたので晃太郎も釣られて笑顔になった。

「みたらし団子、いただけるかしら」

「はい、少々お待ちください」

箒を入口の横に立てかけると、暖簾を右手でそっとあげる。すると、いきなり弘美の声が聞こえてきた。

「ちょうど切れちゃってるの。お父さんに頼んで作ってもらってるわ」

いつもの注文だと悟り、弘美が先回りしてくれたらしい。泰造は饅頭の生地作りをしていたので、今頃、慌てて団子に取りかかっているはずだ。

「すみません、大至急作っているところです」

「急がないからいいわ」

こちらの声が聞こえていたらしく、佳奈子はそう言ってくれた。そこに弘美が顔を出した。

「あとで届けます」

「あら、弘美ちゃん、こんにちは」

相変わらずおっとりした調子で、佳奈子がすっと目を細める。やはり弘美のことが可愛いのか、ただでさえやさしい顔がさらに柔らかくなっていた。

「ごめんなさい、お団子、ちょうど切らしてるんです」

申し訳なさそうに弘美が頭をさげると、佳奈子も困ったように胸の前で小さく手を振った。

「いいのよ、そんなに気にしないで」

「今日はお客さんが少ないから、晃太郎くん、配達お願いできる？」

弘美が懇願するような瞳を向けてくる。もちろん、晃太郎に異存はないので、しっかり頷いた。きたがわ屋では出前はしていないが、参道の店は昔からの馴染みばかりだ。手が空いているときは届けることもあった。

「それなら、うちでお茶でも飲んで休憩していったらいいわ。ね、弘美ちゃん、いいでしょう？」

「はい、佳奈子さんがそう言ってくれるなら」

話はあっという間に決まり、なぜか晃太郎の意思とは関係なく、鰻屋麻生で休憩を取ることが決まっていた。

（まあ、いいか、今は洗いものもないし）

今日はたまたま参拝客が少ない。せっかくなので、佳奈子のところで休ませてもらうことにした。

出来上がったみたらし団子を二本、紙に包んで袋に入れる。晃太郎はそれを両手で大切に持ち、弘美と泰造に断って配達に出かけた。

きたがわ屋を出ると、福猫通りを駅のほうに向かって歩いていく。三軒隣が鰻屋麻生だ。瓦屋根の二階建てで、さほど大きくはないが歴史を感じさせる外観だ。一階が店舗で、二階が住居になっていた。

暖簾は出ておらず、引き戸には準備中と筆書きされた木の札がかかっている。昼の営業時間は終わっており、夕方までは休憩だった。

「こんにちは、きたがわ屋です」

引き戸を開けて声をかけてみる。鍵(かぎ)は開いていたが、店内の電気はついておらず、カウンターのなかにも人影はなかった。

炭火で焼いた鰻の残り香と、甘いタレの匂いが漂っており、空腹だったわけでもないのに腹が鳴った。さすがに四代つづく老舗だけのことはある。この香りだけで、白いご飯を食べられそうだった。

「あ、晃太郎くん?」

姿は見えないが、奥から佳奈子の声が返ってきた。

「お団子、お持ちしました」

晃太郎は入口に立ったまま、大きな声で呼びかけた。

「悪いけど、こっちに持ってきてくれるかしら」

カウンターは入口から奥に向かって伸びており、さらにその奥に暖簾がさがっていた。出入口を上から下まですべて塞ぐサイズの長い暖簾だ。佳奈子の声は、その向こうから聞こえた。

おそらく休憩室のような場所になっているのだろう。店主である夫の姿も見当たらないので、二人で休息をとっているのかもしれない。パートの人は夕方から来るのだろう。

「失礼します」

店に入って引き戸を閉めると、遠慮がちに歩を進める。暖簾の隙間から微かに明かりが漏れており、人の気配が伝わってきた。

「遅くなって申し訳ございません」

暖簾の前に立って声をかける。すると、佳奈子が暖簾を開けて顔を覗かせた。

「どうぞ、あがって」

「でも、そっちは……」

休憩していくように言われていたが、プライベートな空間にお邪魔するのは気が引ける。店でお茶を出してくれるのだと思いこんでいた。

「遠慮しないで。うちの人もいないから」

そう言われると、なおのこと遠慮したくなる。店主の麻生健夫は無口な男で、晃太郎とはまったく話が弾まない。それでも、人妻と二人きりになるよりは、健夫が居てくれたほうが気が楽だった。

「お茶を淹れるから座ってて」

「は、はい……」

今さら休憩しないとも言えず、仕方なく靴を脱いであがらせてもらう。暖簾を潜ると、そこは六畳ほどの和室になっていた。

小さな丸い卓袱台（ちゃぶだい）があり、ミニキッチンも備え付けられている。食器棚や冷蔵庫も置いてあった。休憩室というよりも、自宅の居間にお邪魔したような気分だ。

「へえ、こんなふうになってるんですね」

座布団に正座をしながらつぶやくと、やかんを火にかけていた佳奈子が振り返った。

「ここで過ごすことが多いの。お店をやってると、どうしてもね」

なんとなく、わかる気がする。きたがわ屋も二階が住居になっているが、弘美も寝るためだけの部屋だと言っていた。

「今は食事もここで摂（と）ってるわ。子供がいれば、また違うのかもしれないけれど、うちは夫と二人だから」

「お忙しいと、やっぱりそうなっちゃいますよね」

晃太郎は相づちを打つが、着物の尻に浮かんだ丸みが気になって仕方がない。正座をしているので、ちょうど目線の高さが一致している。ちょっと横を向くだけで、着物に包まれた双臀がアップで見えた。

（ま、まずい……見ちゃダメだ）

男根がむずむずしている。これ以上、意識すると勃起してしまう。懸命に視線を引き剝がして、年季の入った土壁を凝視した。

「お待ちどおさま」

盆を手にした佳奈子が戻ってくる。湯飲みをふたつ卓袱台に置くと、向かい側に正座をした。

「ありがとうございます。あの、こちら、お団子です」

礼を言うと、晃太郎もみたらし団子が入った袋を彼女の前に滑らせる。丁重に頭をさげれば、佳奈子は柔らかな笑みを浮かべた。

「わざわざ、どうもありがとう」

正座が板についており、背筋がすっと伸びている。小首をかしげるようにして、後れ毛にそっと手を添える仕草が眩しかった。さすがは老舗の女将だ。所作のすべてが流れるようで、ついつい視線が吸い寄せられる。

「なあに？」

思わず見惚れていると、佳奈子が柔らかな声で尋ねてきた。視線が重なった瞬間、体が燃えるように熱くなった。

「い、いえ……」

晃太郎は慌てて視線を逸らすと、動揺を誤魔化そうと湯飲みに手を伸ばした。

「熱っ！」

ひと口飲んだ瞬間、大きな声をあげてしまう。すると佳奈子はすぐキッチンに立って、コップに水を注いで持ってきてくれた。

「これ飲んで」

「ありがとうございます」

受け取った水で舌を冷やし、苦笑いを浮かべる。彼女はそのまま隣に正座をして、顔を覗きこんできた。

「大丈夫？」

「は、はい、大丈夫です」

距離が近すぎて、なおのこと緊張してしまう。ところが、佳奈子は「よかった」とおっとりつぶやいたきり、そこから動こうとしなかった。

「たまにはゆっくりしていきなさい。弘美ちゃんが働き者だから、晃太郎くんも休憩しにくいでしょう？」

確かに弘美は仕事熱心で、まったくと言っていいほど休憩しない。お客さんが少しでも途切れると、テーブルやガラスケースを拭きはじめる。ときには、泰造の仕込みや、晃太郎の洗いものを手伝うこともあった。

「もともと真面目だったけど、お母さんを亡くしてからとくにね」

佳奈子がぽつりぽつりと語りはじめた。

弘美の母親は、五年前に心臓の病気で亡くなったと聞いている。きたがわ屋は夫婦で切り盛りしていたので、泰造の肩にすべてがのしかかった。それでも黙々と働く父親の姿を見て、弘美は大学をやめて店を手伝うと言いだしたらしい。

「ああ見えて頑固なところがあるから、大変だったのよ」

「弘美さんって、頑固なんですか？」

「ええ、芯は強い子なのね。だから、参道のみんなで説得したの。大学だけは卒業しなさいって」

泰造も強固に反対して、最終的には大学を優先するという話で落ち着いた。それでも、弘美は大学に行く時間以外は、ずっと店の手伝いをしていたという。

「へえ、そんなことがあったんですか」

普段のやさしい弘美からは、まったく想像がつかない。そんなに気の強い一面があるとは意外だった。

（そっか、弘美さん、家族思いなんだな）

聞けば聞くほど、ますます惹かれてしまう。父親を毛嫌いする若い女性が多いなかで、家族を大切にする弘美がとても好ましく思えた。

「お父さんのことが大好きなのね……」

佳奈子が遠い目をしてつぶやいた。まるで我が子のことを語るような、母性が滲む柔和な表情だった。

(うっ、ダ、ダメだ)

また見惚れそうになり、懸命に視線を逸らす。そのとき、部屋の隅に置いてある白い前掛けが目に入った。夫の健夫のものだろう。仕事中に着けているのを見たことがあった。

「ところで、旦那さんは？」

何気なく尋ねてみる。深い意味はなかったのだが、佳奈子の表情がほんの一瞬こわばった。

「パチンコなの」

どこか突き放すような言い方だ。そのひと言で、不満がはっきり伝わってきた。

「じつはね……あの人、最近ギャンブルに嵌(はま)ってるの」

いつもの笑みは消えている。淋しげな表情で、うつむき加減に話しはじめた。

浮気されるよりはいいが、時間があれば競馬や競艇に出かけるという。閉店後も必ずパチンコに行くらしい。

「なんか……大変ですね」

どうやら、夫のことを尋ねたのはまずかったようだ。まさかギャンブルに嵌っているとは思いもしない。悪い噂はすぐに広まるので、まだ参道のみんなは知らないのだろう。

「でも、お店のお金を持ちだしたわけじゃないから。自分のお小遣いの範囲で遊ぶ分には構わないの。ただ……」

佳奈子はそこで言葉を切った。そして、少し戸惑った様子で晃太郎の顔を見つめてきた。

「ギャンブルで勝ったときは、儲かったお金で飲みに行って帰ってこないの。負ければ帰りは早いけど、不機嫌ですぐに寝てしまって……」

話がどんどん重たくなっていくが、今さら話題を変えるわけにもいかない。晃太郎は黙って相づちを打ちつづけるしかなかった。

「それでね、夜のほうが、ちょっと……」

「夜……ですか？」

聞き返した直後に意味を理解する。またしても、余計なこと言ってしまったと思うが後の祭りだった。

「恥ずかしい話だけど、夫婦の営みが減っているの」

佳奈子は目の下をほんのり染めて、本当に恥ずかしそうに視線を逸らした。

まさか、夫婦生活のことを告白されるとは驚きだ。こういうとき、どんな言葉を返せばいいのだろう。晃太郎はどぎまぎするばかりで、結局は黙りこんだ。

「もう、何か月も……」

彼女の声は瞬く間に小さくなっていく。

どうやら、何か月も抱いてもらっていないらしい。きっと淋しい思いをしているのだろう。だが、それを晃太郎に話す理由がわからなかった。

「どうして、俺なんかに……」

「こんなこと誰にも言えなくて。晃太郎くんだから話せるのよ」

参道の知り合いには恥ずかしくて話せないという。

創業百二十年のプライドがあるのだろう。確かに店主がギャンブルに嵌っているという噂が広まったら、老舗の沽券（こけん）にかかわってしまう。女将としては、下手（へた）に騒ぎたてることはできなかった。

「ごめんなさいね。嫌なこと聞かせてしまって」

「い、いえ、そんな……」

晃太郎がこの参道の者ではなくアルバイトだから、佳奈子は愚痴（ぐち）をこぼすことができるのだ。少しでも彼女が楽になるのなら、それに越したことはなかった。

「俺でよかったら、いつでも……お話を聞くことしかできませんけど」

「ありがとう、やさしいのね」

思い詰めたような表情をしているが、わずかに頬をほころばせてくれた。

「きっと、四代目を継いだことで、いろいろ大変なんだと思うの」

代々つづく店を引き継ぎ、守っていく重圧はかなりのものだろう。そのストレスでギャンブルに走っているらしい。

彼女は愚痴をこぼすだけで、夫を見限る様子はない。それどころか、庇うような発言も見え隠れする。五年前、覚悟を決めて老舗に嫁いだ。女将になったからには、どんなことをしても店を守っていく覚悟なのだろう。

「でもね……ときどき身体の奥が疼くの」

佳奈子が膝を崩して、晃太郎の肩にしなだれかかってくる。剝きだしの白いうなじが目の前に迫り、いきなり胸の鼓動が速くなった。

「あ、あの……」

甘い香りも漂ってくる。胸板に頬を寄せて、体重を預けていた。まさかとは思うが、誘っているのだろうか。

(でも、やっぱり、まずいよな)

彼女は人妻だ。このまま流されるわけにはいかなかった。

「こ、こういうことは……うくっ」

肩をそっと押し返そうとしたとき、足の異変に気がついた。

「くっ……ううっ」

体を少し動かしただけで、指先が猛烈にジンジンする。緊張していたため、足の痺(しび)れにまで気がまわらなかった。

「どうしたの？」

佳奈子が不思議そうに見あげてくる。

「じ、じつは……あ、足が痺れて」

膝を崩して、正直につぶやいた。すると、彼女は一瞬ぽかんとしてから、小さく噴きだした。

「やだ、晃太郎くんたら」

さもおかしそうに笑って、晃太郎の足を軽く叩いてくる。途端にジーンッという痺れがひろがった。

「くううッ！」

たまらず呻(うめ)き声が溢れだす。もう座っていられず、そのまま背後に倒れこむ。畳の上で仰向(あおむ)けになると、佳奈子も添い寝をするような格好で横になった。

「人が真剣に話してたのにひどいわ」

本気で怒っているわけではない。わざとそんなことを言って、足袋(たび)を履いたつま先で、晃太郎の足を小突いてきた。

「ダ、ダメです、まだ痺れて……ううッ」

　散々悪戯されて、ようやく痺れが収まってくる。すると、今度はジーパンの股間に、彼女の手のひらが重なってきた。

「ちょっ、そ、そこは……」

　慌てて身をよじるが、今さら隠しようがない。じつは、佳奈子が寄りかかってきた時点で、ペニスは膨張をはじめていた。足の痺れのどさくさに紛れて誤魔化そうとしたが、きっと彼女は最初から気づいていたのだろう。

「あら、もしかして、ここも痺れちゃってるの？」

　佳奈子が胸もとから上目遣いに尋ねてくる。ぶ厚い生地の上から、男根の膨らみをスリッ、スリッと撫でまわしていた。

「ううっ……か、佳奈子さん」

　もう足の痺れは消えている。代わりに全身の血液が湧きあがり、一気に股間に流れこんでいた。

「こんなこと頼めるの、晃太郎くんしかいないの……いいでしょ？」

　手の動きをとめることなく、掠れた声で懇願してくる。着物姿の人妻が、股間を撫でながら誘っていた。

「で、でも……」

「晃太郎くん、口が堅そうだし」

老舗の女将としては、絶対に口外されるわけにはいかないのだろう。だから、一時の情事の相手に、口が堅そうな晃太郎を選んだのだ。

「ほら、口だけじゃなくて、ここも硬くなってるわよ」

刺激を受けたことで、ペニスはますます硬度を増している。窮屈なジーパンから早く外に出たいと、内側から生地を押しあげていた。

「すごく苦しそう」

彼女の細い指がベルトとボタンを外し、ファスナーを摘(つま)んでジジジッとゆっくりおろしていく。前が開いてグレーのボクサーブリーフが露出すると、押さえつけられていたのが解放されて楽になった。

「あ、あの……」

「染みができてるわ」

「え？」

彼女の言葉に釣られて、つい自分の股間を見おろしてしまう。すると、ボクサーブリーフの膨らみの頂点に、黒っぽい染みがひろがっていた。

「もうお汁が出ちゃってるのね」

上品な彼女の唇から、そんな言葉が紡(つむ)がれるとは驚きだ。潤(うる)んだ瞳で見つめられて羞恥がこみあげるが、目を逸らすことはできなかった。

「もうこんなに熱いわ」

下着の上から陰茎を摑まれる。先ほどよりも、刺激はずっと強くなっていた。太幹をゆるゆるとしごかれて、あらたなカウパー汁が溢れだす。自然と腰がくねり、こらえきれない呻き声が溢れだした。

「ううっ、ま、待ってください」

染みがさらに大きくひろがり、全身が小刻みに揺れてしまう。それでも、彼女は男根を擦りつづけた。

「ダ、ダメです……くううっ」

「わたしのこと、助けてほしいの」

佳奈子が手をゆったり動かしながら見つめてくる。そう言われると、突き放すことは出来なかった。

「でも、俺……経験ないんです」

告白した瞬間、顔が熱くなる。童貞だと知られるのは恥ずかしいが、自分では三十路過ぎの人妻を満足させることはできない。落胆させてしまうが、早めに伝えたほうがいいと思った。

「それなら、わたしが教えてあげる」

佳奈子の反応はまったく予想と違っていた。落胆するどころか、なぜか瞳をねっとり光らせた。

3

「あ、あの……わっ！」

ボクサーブリーフをめくりおろされて、勃起したペニスが剝きだしになる。青筋を浮かべていきり勃(た)った肉柱に、彼女の指が巻きついてきた。

「くううっ」

たまらず呻き声が溢れだす。佳奈子の柔らかい指が、鉄棒のように硬直した男根に密着している。ただ握られているだけでも、亀頭の先端から透明な汁がじわじわと滲み出した。

これまで自分以外がペニスに触れたことなど一度もない。しかも、美麗な人妻だと思うと、なおのこと刺激的だ。羞恥と快感が混ざり合い、どうすればいいのかわからなかった。

「ああ、硬いわ」

佳奈子が溜め息混じりにつぶやき、しなやかな手つきで太幹を擦りあげる。硬直した肉棒をゆるゆるしごかれると、瞬く間に快感が膨れあがった。

「おっ、おおっ」

「男の人に触れるの、久しぶりなの」

目を細めてペニスを見つめてくる。うっとりした声でつぶやき、口もとに笑みを浮かべていた。

「こんなに硬くしちゃって、可愛いわ」

「ううっ、ダ、ダメですっ」

慌てて訴えるが、佳奈子はやめようとしない。添い寝をした状態で、陰茎を愛でるようにゆったりしごいている。巻きつけた指をスライドさせて、震えるほどの快感を送りこんできた。

「どうしてダメなの？」

彼女が囁くたび、甘い吐息が鼻先を掠める。すべてが刺激となり、晃太郎の性感を燃えあがらせていく。カウパー汁が次から次へと溢れだし、早くも亀頭をぐっしょり濡らしていた。

「こんなにヌルヌルになってるわ」

まるで鰻を素手で捕まえようとするように、汁まみれの亀頭を擦りあげてくる。先走り液のヌメリが、潤滑剤の役割を果たしていた。

「おおッ、そんなことされたら……」

「気持ちいいでしょう？」

「そ、そういうことじゃなくて」

気持ちよすぎるのが問題だった。このままでは、あっという間に達してしまう。佳奈子の指が動くたび、我慢汁の濃度が増していた。

「ほら、どんどん硬くなってる」

「ううッ、で、出ちゃいますっ」

切羽詰（せっぱ）まった声をあげた直後、彼女の指がすっと離れて快感が遠ざかる。中途半端なところで放り出されて、晃太郎は思わず畳に爪を立てていた。

「ど、どうして……」

つい恨みがましい言葉を吐いてしまう。亀頭の先端からは透明な汁がじくじく溢れており、射精したいという欲望がますます膨れあがっていた。

「まだ出したらダメよ」

佳奈子は身を起こすと、晃太郎の下肢に絡まっていたジーパンとボクサーブリーフを完全に抜き取ってしまう。そして、脚を大きく開かせると、膝の間に入りこんで正座をした。

「な……なにを？」

無防備な格好で股間をさらしている。ペニスがこれでもかと硬直しているのが恥ずかしかった。

「せっかくだもの、楽しませてね」

佳奈子は唇の端に笑みを浮かべると、両手を肉柱の根元に添えてきた。陰毛をおさえるようにして、太幹にそっと指を絡ませてくる。だが、それ以上の刺激は与えてくれなかった。

「うぅっ……佳奈子さん」

「気持ちよくなりたいのね」

正座の姿勢から上半身を伏せて、顔を股間に寄せてくる。吐息が亀頭に吹きかかり、期待せずにはいられない。まさかと思っていると、柔らかい唇が我慢汁にまみれた亀頭に触れてきた。

「くううッ！」

軽く接触しただけで、鮮烈な衝撃に襲われる。ペニスの先端から四肢の先に向かって、一瞬で快感電流が走り抜けた。

「すぐに出しちゃダメよ」

佳奈子は上目遣いにつぶやき、亀頭をゆっくり咥(くわ)えこんでくる。カウパー汁のヌメリを利用して唇を滑らせると、張り詰めた肉の塊(かたまり)を口内に収めていった。

「あふううっ」

「か、佳奈子さんの口に……」

己(おのれ)の股間で、信じられない光景が展開されていた。屹立(きつりつ)したペニスを、鰻屋の女将が咥えこんでいる。いつもの上品な着物姿で、夫ではなく晃太郎の男根をしゃぶっているのだ。

(まさか、こんなことが……)

初めてのフェラチオだ。いつか経験したいと思っていたが、突然こんな機会が訪れるとは驚きだった。

「あふっ、気持ちいい？」

佳奈子がくぐもった声で尋ねてくる。男根を咥えこんだ状態で、晃太郎の顔を見つめていた。カリ首に柔らかい唇が密着している。甘く締めあげられると、それだけで快感の大きな波が押し寄せてきた。

「うぐッ、き、気持ち……」

これ以上の刺激を与えられたら、きっとすぐに射精してしまう。だが、佳奈子はじんわり首を振りはじめた。

「ン……ン……」

少しずつ唇を滑らせて、太幹を口内に導いていく。時間をかけて根元まで呑みこむと、再びスローペースで吐き出した。

「ま、待って……うむっ」

かつて経験したことのない快感が押し寄せる。反り返った男根をしゃぶられるのは、自分の手でしごくのとは比べ物にならないほど気持ちいい。カウパー汁と唾液が塗り伸ばされて、ペニスがヌラヌラと光りはじめた。

「まずいですよ、旦那さんが帰ってきたら……」

快楽に溺れながらも、懸念していたことを口にする。万が一、こんなところを見られたら、取り返しのつかないことになってしまう。佳奈子は離縁を言い渡されて、晃太郎も責任を取らされるだろう。

「大丈夫よ、あの人、ギリギリまで帰ってこないから」

佳奈子はペニスから唇を離して囁いた。健夫が戻ってくるのは、いつも夕方の営業がはじまる直前だという。しかし、それで安心することはできなかった。

「でも、やっぱり——おおおッ！」

またしても男根を咥えこまれて、晃太郎の声は快楽の呻きに変わってしまう。唇で肉胴を締めつけられると、一瞬にして理性がぐんにゃり歪んだ。

「ンっ……ンンっ」

佳奈子の首を振るスピードが、少しずつ速くなっている。しかも、舌まで器用に使い、裏筋を舐めあげてきた。

「くううッ、そ、それ、やばいです」

「むふっ……はむっ……あふンっ」

リズミカルな口唇奉仕で、晃太郎の性感はきわどいところまで追いあげられる。人妻にフェラチオされて、もはや我慢汁がとまらなくなっていた。

「も、もうダメですっ、出ちゃいますっ」

懸命に訴えるが、彼女はまったくやめる気配がない。それどころか、頬を窪ませて吸引してきた。

「はむうううっ」

「うおッ、で、出る、出ちゃいますっ、くおおおおッ!」

こらえきれずに欲望が爆発する。股間が火になり、仰向けになっている体が仰け反った。

「おおおッ、おおおおおッ!」

腰を突きあげて、人妻の口内で男根をビクビク脈動させる。未体験の快楽に包まれながら、精液を思いきり放出した。

「ンくっ……ンくっ……」

佳奈子は唇を肉胴にぴったり密着させて、注ぎこまれるそばからザーメンを飲みくだしていく。まったく嫌がる素振りを見せない。喉を鳴らし、さもうまそうに一滴残らず嚥下した。

「はぁ……美味しかった」

最後に亀頭の先端だけ咥えると、尿道に残っている精液まで丁寧に吸いあげてくれる。鳥肌が立つほどの愉悦が、全身をすっぽり包みこんでいた。この世の物とは思えない体験だった。

(なんて気持ちいいんだ……)

理性がどろどろに溶けており、もうなにも考えられない。晃太郎は焦点の合わない目で、天井をぼんやり眺めていた。

4

「気持ちよかった?」

佳奈子の声が聞こえてくる。いつものように穏やかな口調だが、さすがに息遣いが荒くなっていた。

快楽の余韻で、晃太郎の頭は霞が立ちこめたような状態だ。

仰向けの状態で足もとに視線を向けると、佳奈子はいつの間にか立ちあがっており、着物の帯をほどいていた。

「え？　ちょっと……」

呆けていた晃太郎の頭が瞬時に覚醒する。発射したのに、まだ終わりではないらしい。彼女は着物の肩をスルリと滑らせて、白い長襦袢姿になった。

(マジか……すごいぞ)

長襦袢に下着のラインはいっさい見えない。着物の下にはなにも身につけないと聞いたことがあるが、本当に裸のようだった。

「まだ、できるでしょう？」

濡れた瞳を晃太郎の股間に向けてくる。フェラチオで達した直後だが、まだペニスは硬度を保っていた。カリは大きくエラを張っており、胴体部分は野太く漲ったままだった。

「こ、これは……」

「わたしで大きくしてくれたのね。嬉しいわ」

佳奈子は長襦袢の腰紐をほどくと、晃太郎の視線を意識して前をゆっくり開いていく。すぐには見せない。焦らすように衿もとをずらし、ほっそりした鎖骨と乳房の谷間を露出させる。裾からは臑と膝、それに太腿をチラリと見せた。

「見たいの？」

目を見開いている晃太郎に囁きかける。そうやって散々時間をかけて、ついに熟れた女体を露わにした。

「おっ……おおっ！」

思わず獣のように唸った。女性の裸体を生で見るのはこれが初めてだ。頭を殴られたような衝撃を受けて、目を血走らせながら凝視した。

乳房は釣鐘形でたっぷりしている。先端で揺れる乳首は濃い紅色だ。くびれた腰からむっちりした尻にかけての、なだらかな曲線に惹きつけられる。股間の秘毛は漆黒で、上品な顔立ちに似合わず濃く生い茂っていた。

肉づきのいい太腿をぴったり閉じており、片方の脚を軽く曲げて股間をガードしている。彼女が身につけているのは白い足袋だけだ。恥ずかしげに腰をくねらせるが、それでも手で隠すことなく、すべてを惜しげもなく晒してくれた。

「そんなに見られたら、穴が開いてしまうわ」

佳奈子は肩をすくめてつぶやくと、仰向けになっている晃太郎の股間をまたいでくる。彼女を見あげる格好になり、視線は自然と太腿の付け根に吸い寄せられた。

（あれが、女の人の……）

黒々と茂る陰毛の奥に、紅色の割れ目が見えている。いかにも柔らかそうな二枚の秘唇が、ぴったり合わさっていた。

（なんて、いやらしいんだ）

初めて生で目にする女性器だ。想像していた以上に卑猥な裂け目を、執拗に眺めまわした。

濡れ光っているのは愛蜜だろうか。晃太郎のペニスをしゃぶったことで、興奮したのかもしれない。艶めかしい女性自身を目にして、晃太郎は鼻の穴を大きく開き、生唾を何度も飲みこんだ。

「晃太郎くんは、なにもしなくていいから」

佳奈子はそうつぶやくと、足袋を履いた両足をしっかり畳につけて、和式便所で用を足すときのようにしゃがみこんできた。

「ま、まさか……」

彼女は人妻だ。さすがにまずいと思うが、期待感も膨らんで身動きできない。佳奈子に見つめられると、指一本動かせなかった。

「初めてなんでしょう？　大丈夫、全部教えてあげる」

ほっそりとした指でペニスが摑まれる。先端が肉唇に触れて、クチュッという湿った音が聞こえた。

「あンっ、ここに入るのよ」

「か、佳奈子さん……やっぱり……」

「怖くなったの？」

佳奈子が濡れた瞳で見おろしてくる。晃太郎を安心させるためか、口もとにはやさしげな笑みが浮かんでいた。

「それとも、わたしじゃいや？」

「ち、違うんです……」

喉がカラカラに乾いて、上手く声が出なかった。

怖くなったわけではない。佳奈子が嫌なわけでもない。期待が大きくなりすぎて、胸が苦しくなっていた。

なにしろ、ようやく巡ってきた童貞卒業のチャンスだ。

これを逃したら、いつになるかわからない。佳奈子のような素敵な女性と体験できるなら本望だ。全身が震えるほど昂（たかぶ）っているが、その一方で彼女は人妻だということが気になっていた。

「でも、旦那さんのこと――ううっ」

晃太郎の言葉を遮（さえぎ）るように、佳奈子がほんの少し腰を落とす。すると、亀頭の先端が数ミリだけ肉唇の狭間（はざま）に沈みこみ、快感の波がどっと押し寄せた。

「か……佳奈子さん」

「それ以上、言わないで」

縋るような瞳だった。この状況で夫のことを言われるのがつらいのだろう。晃太郎はもう口を開くことができなかった。

「わたしを助けると思って……お願い、一度だけでいいの」

もとより拒絶するつもりはない。なにしろ、すでにペニスの先端は膣口に嵌っている。あと一歩で童貞を卒業できるのだ。しかも、相手が美麗な年上の女性となれば、またとないシチュエーションだった。

「俺も……佳奈子さんと……」

掠れた声でつぶやくと、彼女は唇の端に微かな笑みを浮かべた。

「じっとしててね」

佳奈子がゆっくり尻を落としてくる。ヌチュッという音とともに、亀頭が女壺のなかに沈みこむ。濡れ襞がいっせいにまとわりつき、奥へ引きこむようにサワサワと蠢いた。

「ああンっ、入ってくる」

「こ、これが……くおおッ」

両手の爪を畳に食いこませる。先ほど射精していなければ、瞬く間に暴発していただろう。それほどまでの快感が全身を駆け巡っていた。

「どう？　これが女のなかよ」

「あ、熱いです、佳奈子さんのなか……」

「ああっ、もっと挿れたいでしょう」

佳奈子が譫言のようにつぶやき、さらに男根を呑みこみにかかる。晃太郎の腹に両手を置き、膝を左右に開いたはしたない格好だ。自分の腕で乳房を挟んで寄せる形になり、魅惑的な谷間が形成されていた。

「ううッ、き、気持ちいい」

「あっ……あっ……」

ペニスが媚肉を掻きわけるたび、鰻屋の女将の唇から切れぎれの声が溢れだす。日頃の清楚な姿からは想像がつかない、欲求を溜めこんだ女の声だった。

「か、硬いわ……はああッ」

根元まで繋がり、互いの性器が密着する。ペニスは完全に女壺のなかに埋まり、二人の陰毛が絡み合った。

（やった……ついにやったぞ！）

腹の底から喜びがこみあげる。ついに、この瞬間が訪れた。ようやく童貞を卒業したのだ。

蜜壺のなかは煮えたぎるように熱く、膣壁全体が絶えずうねっている。肉柱をぴったり包みこんでおり、二度と離さないとばかりに食いしめていた。動かしてもいないのに、ニチュッ、クチュッ、という微かに湿った音が聞こえてくるのは、女壺が収縮と弛緩を繰り返している証だった。

「これで男になったのね……ああっ、すごく硬いわ」

「俺のチ×ポが全部、佳奈子さんのなかに」

「わたしも、これがほしかったの……はああンっ」

佳奈子が腰をゆったり回転させる。ペニスを根元まで呑みこんだ状態で、まるで臼を引くようにまわしはじめた。

「あンっ……ああンっ」

なかが擦れるのだろう、眉を八の字に歪めて切なげな喘ぎを漏らしている。白い足袋のつま先は、畳を摑むようにグッと内側に曲がっていた。

「くううッ、す、すごいっ」

柔らかい膣壁が、男根を絞りあげてくる。華蜜でヌルヌル滑るのに、締めつけは強烈だ。これまで体験したことのない未知の感覚に、晃太郎はたまらず奥歯を思いきり食い縛った。

「そ、そんなに動いたら……」

あっという間に達してしまう。懸命に訴えると、彼女は腰の動きを切り替えた。今度は前後にゆったり動かしてくる。陰毛同士が擦れ合い、肉柱がヌプリッ、ヌプリッと出入りを繰り返した。

「うおッ、それは……おおおッ」

「はああッ、いいわ、硬いからすごくいいの」

佳奈子の声が大きくなる。いつも着物で上品に微笑んでいる鰻屋の女将が、女の顔を晒して喘いでいた。

「我慢しなくていいのよ」

晃太郎のTシャツをまくりあげると、胸板に両手を置いて乳首を触ってくる。軽く転がされただけで、快感が波紋(はもん)のようにひろがった。

「ううッ、そ、そこ」

「男の人も乳首が感じるのよ。知らなかった？」

佳奈子は嬉しそうに囁き、腰の動きを変化させた。今度は膝を立てた騎乗位の体勢で、尻を弾むように上下させる。屹立した肉柱がズブズブと出入りして、鮮烈な快感がひろがった。

「き、気持ちいいです、おおおッ」

「わたしも、ああッ、奥まで来るわ」

尻を打ちおろすたび、ペニスの先端が行き止まりにぶちあたる。それが感じるらしく、佳奈子の動きがどんどん大きくなった。

「ああッ、ああッ、いいっ、いいわっ」

「は、速すぎます、うむむッ」

初めてセックスする晃太郎には刺激が強すぎる。懸命に訴えるが、彼女は腰の動きをますます加速させた。尻を持ちあげては打ちつける。この単純な動きが、得も言われぬ快感を生み出していた。

「ああンっ、好きなときに出していいのよ」

「お、俺、もう、ううぅッ」

快楽の嵐に翻弄(ほんろう)されて、無意識のうちに両手を伸ばす。人妻の乳房に手のひらをあてがい、本能のまま揉(も)みあげた。

「うおっ、指が……なんて柔らかいんだ!」

指がどんどん沈みこんでいく。これまでに触れたどんなものより柔らかい。あまりにも心地よくて、夢中になって揉みまくる。初めて味わう乳房の感触が、晃太郎の性感をいよいよ追い詰めていった。

「はああンっ、上手よ」

「もう……もうダメですっ」

「あああっ、わたしも……感じてきちゃう」

柔肉に指先を埋めこんだまま、股間をグイグイ突きあげる。睾丸(こうがん)のなかで精液が暴れて、ペニスが限界まで膨張した。

「はあッ、は、激し……あッ、ああッ」

佳奈子もよがり泣きをまき散らし、一心不乱に腰を振りたくる。熟れた尻をぶるるっと揺すりたてて、肉棒を思いきり締めあげた。

「き、きついっ、くううッ」

「ああッ、い、いいっ、あああッ」

「もう出るっ、出ちゃいますっ、おおおッ、うおおおおおッ！」

とてもではないが耐えられない。情けなく呻きながら、女体の奥でペニスを脈動させる。全身が燃えあがるほどの快楽にまみれて、欲望を思いきり注ぎこんだ。

「あああッ、いいっ、もうイキそうっ、あああッ、イ、イクううッ！」

ほぼ同時に佳奈子も裸体を仰け反らせる。アクメの艶めかしい声を響かせて、男根を締めつけながら腰を激しく痙攣（けいれん）させた。

「ああンっ、いっぱい出てる」

「か、佳奈子さんのなか、すごく気持ちいいです」

「晃太郎くん、はむううっ」

胸もとに倒れこんでくると、そのまま唇を重ねてくる。舌がヌルリと入りこみ、ディープキスへと発展した。

（こんなことまで……ああ、最高だ）

　これが晃太郎のファーストキスだった。深く繋がって射精しているのに、舌を絡め取られて吸いあげられる。脳髄まで蕩ける快楽に、頭のなかを真っ白にしながら溺れていった。

　二人は卓袱台を挟んで、向かい合って座っていた。

　何事もなかったように身なりを整えているが、晃太郎は呆けた顔をしている。佳奈子も目の下を微かに染めているが、どこかすっきりした様子だった。

「熱いから、気をつけてね」

　目の前に置かれた湯飲みから、湯気が立ちのぼっていた。

「あ……ありがとうございます」

　やっとのことで返事をする。全身に甘い痺れが残っており、頭が上手くまわらなかった。

「こちらこそ、ありがとう」

　礼を言われて、晃太郎はどぎまぎしてしまう。自分はただ誘われるがままに、筆おろしをしてもらっただけだった。

「このお団子、わたしじゃなくて、夫の好物なの」

卓袱台に置いてある紙包みを手に取り、佳奈子がぽつりとつぶやいた。夫のために、いつもみたらし団子を買っていたらしい。彼女の心は、常に夫に向いているのだろう。

「俺、もう帰らないと……」

晃太郎の頭のなかにも、常にひとりの女性がいた。

いくら休憩とはいえ、だいぶ時間が経っている。せっかくお茶を淹れ直してもらったが、そろそろ戻らなければならなかった。

「弘美ちゃんのこと、気になってるの？」

唐突に佳奈子が尋ねてくる。とっさに言葉を返せずにいると、彼女はさらに質問を重ねてきた。

「好きなんでしょう？」

「ど、どうしてですか？」

なんとか誤魔化そうとするが、佳奈子は口もとに笑みを浮かべて見つめてくる。

「見てればわかるわ。ふふふっ」

どうやら確信しているらしい。晃太郎はなにも言えず、顔を赤くしてうつむくしかなかった。

第二章　ふっくら新妻

1

（ん？　もうこんな時間か）

晃太郎はパイプベッドの上で身を起こし、大きく伸びをした。

枕もとの時計は、午後二時半を指している。午後の講義が休講になったので、いったんアパートに戻ってごろごろしているうちに寝てしまった。

ここは駅の裏手にある学生向けのアパートだ。全八戸で見るからに年季の入った物件だが、日当たりは悪くないし、なにより家賃が相場より安いのが魅力だった。

晃太郎の部屋は二〇一号室。錆が目立つ外階段をあがって一番手前だ。

六畳一間の部屋は、男のひとり暮らしの割りには片付いている。物が少ないだけとも言えるが、それでも小まめに掃除をしているほうだった。

パイプベッドの他には、横にしたカラーボックスの上に小型のテレビ、それと折り畳み式の卓袱台があるだけだ。ミニキッチンには冷蔵庫もあるが、料理をほとんどしないので、調味料とウーロン茶しか入っていなかった。

部屋の畳は多少ささくれ立っているが、ユニットバスはリフォーム済みだ。狭くても綺麗なのは嬉しかった。

（さてと、準備しないとな）

そろそろアルバイトに行く時間だ。バスルームに向かうと、壁に取りつけられている鏡に姿を映した。

やはり寝癖がついている。こんな頭で弘美に会うわけにはいかない。水をつけて丁寧に直していく。

童貞を卒業したら、少しは自分に自信が持てるようになるかもしれない。そう期待していたが、実際はなにも変わっていなかった。

突然の初体験から一週間が経っていた。

あれから、佳奈子とはなにもない。きたがわ屋で彼女が買い物をすることはあっても、互いに何事もなかったように接していた。

あの日のことは二人だけの秘密だ。晃太郎は筆おろしをしてもらったことで、大人の男の仲間入りをした。佳奈子は溜まりに溜まった欲求不満を解消して、夫への想いを新たにしたようだ。

みたらし団子を買いに来る佳奈子は、以前より表情が明るくなった気がする。四代目を継いで重圧を感じている夫を、積極的にサポートしたいと言っていた。それを実践していくことで、夫婦仲が改善したのかもしれない。聡明な彼女のことだから、きっと上手くやっていくだろう。

それにしても、弘美への恋心を見抜かれているのには驚いた。晃太郎は決して認めなかったが、動揺は隠しきれなかった。あれだけしどろもどろになれば、認めたも同然だ。でも、まだ他の人に気づかれていないのが救いだった。

そんなことを考えながら、ふと虚しくなる。そもそも弘美が自分などを相手にするはずがない。なにしろ、彼女は参道のアイドルだ。いっしょに働けるだけでも幸せだった。

(よし、行くか)

寝癖が直ったところで気合いを入れる。洗い立てのTシャツに着替えると、弘美の笑顔を思い浮かべながら、アパートを後にした。

「こんちは……」

挨拶の声が尻窄みになった。

いつものように、軽い足取りで、きたがわ屋にやって来た。ところが、暖簾をくぐって店に足を踏み入れた途端、雰囲気の違いに気がついた。

テーブル席に女性客の姿があった。

年の頃は五十前後だろうか。黒っぽいロングスカートを穿き、グレーのカーディガンを羽織っている。だが、この重い空気は、地味な服装が原因ではない。彼女自身が纏っているものだった。

（なんだ、この感じ？）

歩調を緩めて、さりげなく観察しながら奥に向かう。

ひとりで来店する客は珍しくない。だが、彼女の思い詰めたような表情が気になった。

そういえば、店の前にミケさまの姿がなかったのも妙だ。本能でなにかを感じて、今日は近づかないのかもしれない。呑気そうに見えるが、環境の変化を察知する能力は人間よりも高いはずだ。

そのとき、お盆を手にした弘美が、ガラスケースの横から出てきた。

一瞬、晃太郎と目が合ったのに、彼女はいつものように笑いかけてくれない。いや、笑ってはくれたが、頬が微かに引きつっていた。

（弘美さん、どうしたんだ？）

明らかに様子がおかしい。毎日、彼女のことばかり気にしているからこそ、微妙な変化を見逃さなかった。

「お待たせしました。お団子セットです」

弘美は努めて明るい声で女性客に告げると、緑茶の入った湯飲みと草団子が載った皿をテーブルに並べた。

「ありがとう」

女性客が小さく頭をさげたところで、晃太郎はガラスケースの横を通って厨房に入った。

なにか釈然としない。女性客はともかくとして、弘美まで元気がないのはなぜだろう。いつも明るい店内が、気のせいか少し薄暗く感じた。

「おい、晃太郎」

不機嫌そうな声は泰造だ。

白い作業着姿で厨房に立ち、大きな鍋でみたらし団子の醤油（しょうゆ）ダレを作っていた。砂糖、片栗粉（かたくりこ）、だし汁、醤油、みりんなどを、じっくり煮詰めていくのだが、だし汁の作り方と分量は泰造だけしか知らなかった。

「あ、どうもこんちは」

晃太郎は軽く頭をさげるが、泰造の顔はいつにも増して険しかった。

「ちょっと来い」

小声で呼ばれて、何事かと歩み寄る。人一倍声の大きい和菓子職人が、なぜかこそこそ話しかけてきた。

「おまえ、あの客、知ってるか？」

泰造は醤油ダレをお玉で掻き混ぜながら、顎をしゃくって客席を示す。あの女性客のことらしい。不穏な空気を感じ取っているのだろう、仕事以外のことで晃太郎に話しかけてくるのは珍しかった。

晃太郎は背後を振り返り、ガラスケースの上から客席を確認した。

女性客はこちらに身体の正面を向けて座っており、かたわらには弘美がまだ立っている。福来神社の説明でもしているのだろうか。参拝客にいろいろ尋ねられるのは、よくあることだった。

「どうだ？」

「どうだって言われても……」

急かされて女性客の顔を確認する。だが、まったく見覚えはなかった。

常連客もいるが、大半はお参りの行き帰りに、ふらりと立ち寄る一見の客だ。何回か来店している可能性もあるが、記憶には残っていなかった。

「ちょっと、見たことないです」

「そんなはずないだろう」

そう言われても本当にわからない。泰造はどうしてあの女性客を、こんなに気にするのだろう。

「やっぱり、わからないです」

「おい、わからないってなんだ」

今日の泰造はやけに口数が多い。あの女性客といい、弘美といい、なにか様子がおかしかった。

「ちゃんと見たのか？」

「親父さんが知らないなら、俺が知るわけないですよ」

思わず言い返すと、泰造がギロリと目を剝いた。

(やばい、怒鳴られるぞ)

反射的に肩をすくめるが、意外なことに泰造は冷静だった。

「うむ、そうだよな」

やはりおかしい。基本的に顰め面なのでわかりにくいが、どことなくそわそわしている。晃太郎まで落ち着かない気持ちになってしまう。

「なにかあったんですか？」

エプロンを着けながら問いかける。胸の奥がもやもやして、気になって仕方がなかった。

「あの客、ときどき、ひとりで来るんだよ」

泰造がぽつりとつぶやいた。

晃太郎は覚えがないので、シフトが入っていない時間に来店しているのだろう。それならば、常連と言ってもいいのではないか。どうして、そこまで気にする必要があるのかわからなかった。

「で、あのお客さんがどうしたんです？」

問いかけるが、泰造は黙りこんで仕事に没頭していた。

弘美はまだ女性客と話しこんでいる。声は聞こえてこないが、表情がどことなく硬く感じた。

（なんなんだ？）

晃太郎は首をかしげながらも仕事に取りかかる。いつもどおり、大量に溜まっている洗いものに向かうが、さっぱり状況が理解できない。これ以上、突っこんではいけない雰囲気もあり、気持ちは晴れないままだった。

女性客はしばらくして帰ったが、重苦しい空気は変わらない。弘美は店内の掃除をしたり接客したりと、忙しそうに働いていた。

「晃太郎くん、これお願いね」

「あ、はい」

洗いものを運んでくるときも、弘美は笑みを絶やさない。だが、いっさい雑談がないのが不自然だ。いつもの彼女なら、天気のことでも、ミケさまのことでも、なにかしら話しかけてくるはずだった。

「よう、晃太郎」

突然、場違いなほど明るい声が響き渡る。銭湯『福の湯』の息子、今橋勝雄だ。

赤い地に南国の花が描かれたアロハシャツを羽織り、ジーパンを穿いてサンダルを突っかけている。まだ四十歳だというのに、薄くなりかけた髪を気にしており、オールバックで誤魔化していた。

「いらっしゃいませ」

弘美が声をかけると、勝雄は人のよさそうな笑みを浮かべて手を振った。

「いやぁ、相変わらずべっぴんさんだねぇ」

雰囲気が暗いことに気づいて、わざと脳天気に言っているのか、それとも、本当に空気が読めないだけなのかはわからない。とにかく、勝雄の来店で明るくなったのは事実だった。

「もう、勝雄さんったら」

弘美が軽く返すと、勝雄は「ははははっ」と贅肉のついた腹を揺すりたてた。

いかにも軽薄そうな男だが、参道のみんなからは愛されている。とにかく明るい性格で、勝雄が参加した飲み会は必ず盛りあがると評判だ。いまだに独身だが、本人はあまり気にしていない。世話好きな薬局のタエさんに見合いを勧められて、いつも逃げまわっていた。

「親父さん、どうもっす。おう、晃太郎、忙しいところ悪いな」

勝雄はガラスケースの前まで来ると、洗い場に立っている晃太郎を手招きする。これは、なにかを企(たくら)んでいる顔だった。

「こんちは」

晃太郎は洗いものを中断して、エプロンで手を拭いた。

この参道には若者が少ないせいか、勝雄は晃太郎のことを可愛がってくれる。競馬で勝ったときなど、飯を奢(おご)ってもらうこともよくあった。

「ちょっと頼まれてくれねえか」

ガラスケースに歩み寄ると、勝雄が身を乗りだしてくる。そして、晃太郎の耳もとに口を寄せてきた。

「ナイター競馬の馬券を買いに行きたいんだ。ちょっとだけ、番台を代わってくれよ」

「ええっ！」

思わず大きな声をあげてしまう。すると、勝雄は口の前で指を一本立てて、シーッと顔をしかめた。

「うちの親も用事があるらしくて頼めないんだ。バイトが終わってからでいいから代わってくれよ。今日はいける気がするんだ。勝ったら鰻を食わせてやるからさ」

「いや、鰻とかそういう問題じゃなくて……」

銭湯の番台に座ることが大問題なのだ。

日本男児なら誰でも一度は夢見たことがあるだろう。その夢が突然、叶(かな)おうとしていた。元より断るつもりはないが、軽々しく引き受けるものでもない気がする。番台を任されるのは、それくらいの大役だ。勝雄はいつも「若い女なんて、ほとんど来ないぞ」と言っているが、それでも番台への憧れが消えることはなかった。

「本当に……いいの？」

「おうよ。じゃ、そういうことだから、後でよろしく」

勝雄は饅頭をひとつ買って、その場で口に放りこんだ。そして、ご機嫌な足取りで帰っていった。

「楽しそうになにを話してたの？」

洗いものを再開すると、弘美が歩み寄ってきた。明るさを取り戻しているのは、勝雄のおかげだろう。

「べ、別にたいした話じゃ……」

番台を代わってくれと頼まれたことは黙っておいた。さらりと言えなかったのは、邪な気持ちがある証拠だった。

「男同士、仲がいいのね」

「え、ええ、まあ……ははっ」

笑って誤魔化していると、聞き覚えのある声が店内に響いた。

「繁盛してる？」

煎餅屋のひとり娘、藍山朱音だ。

黒髪のポニーテイルがトレードマークで、膝がチラリと覗く濃紺のタイトスカートに白いポロシャツを合わせている。一月に結婚した新妻で二十七歳だが、いつも元気いっぱいの若々しい女性だった。

白黒はっきりした性格は、いかにも下町育ちといった感じだ。顔立ちが整っているので、なおのこと勝ち気な印象を受けるが、心根はやさしい女性だと参道の人たちは知っていた。

「弘美ちゃん、変わったことない？」

朱音がいつもの調子で声をかける。すると、弘美は少し頬をこわばらせながらも笑みを浮かべた。

「大丈夫、いつもと変わらないよ」

何事もなかったように振る舞っているが、そんなはずはない。今日は明らかに様子がおかしかった。

「本当に？」

朱音が探るような瞳になって、弘美の顔を覗きこむ。もしかしたら、なにか微妙な変化に気づいているのかもしれない。

幼い頃から弘美のことを知っており、まるで妹のように可愛がっている。弘美も二つ年上の朱音を、姉のように慕っていた。傍から見ていると本当の姉妹のようだ。二人は互いの店を行き来しては、年中たわいのない話で盛りあがっていた。

「そう？　なにもないならいいけど」

今ひとつ納得していない様子だが、朱音は意外とあっさり引きさがった。

姐御肌は姐御肌でも、逐一世話を焼くタイプではない。頼られれば親身になって相談に乗るが、本人が自分で解決しようとしているときは黙って見守る。そして、いざとなったときに手を差し伸べるのが朱音のスタンスだ。

以前、弘美が話してくれた。

母親が亡くなって、店をやっていくのが大変だった頃、疲労が蓄積して本当につらい時期があった。そのとき、朱音は毎日きたがわ屋に顔を出していた。客として団子を食べて帰るだけなのだが、見守られている安心感があったという。そして、本当に忙しいときだけ、頼まなくても黙って手を貸してくれたらしい。

――朱音ちゃんが応援してくれたから、がんばれたの。

当時を思い出して、涙ぐみながら語っていた弘美の言葉が心に残っている。本当に感謝しているのが伝わってきた。

そこまで信頼されている朱音は、今日の弘美を見てどう思っているのだろう。そんなことを考えながら洗いものをしていると、朱音がガラスケースの向こうで、こそこそ手招きした。

どうやら、弘美と泰造には聞かれたくないらしい。晃太郎は不審に思いながらも、手を拭きながら歩み寄った。

「晃太郎に頼みたいことがあるの」

「俺にですか？」

予想外の展開だ。いつものように弘美に会いに来たのだとばかり思っていた。

「バイトが終わってから、ちょっと時間いい？」

この場で終わる話ではないらしい。なぜか今日は、いろいろと頼み事をされる日だった。

「すみません、今日は用事があるんです」

なにしろ、先約は番台に座るという重要な役割だ。絶対に外すわけにはいかなかった。

「そうなんだ……それなら仕方ないか」

朱音の表情がふと陰る。いったい、どんな用があるというのだろう。申し訳ないことをした気がして、晃太郎は慌てて言葉を付け足した。

「明日なら大丈夫ですけど」

「ほんと？　じゃあ、明日お願いね」

安堵(あんど)したように朱音の表情が明るくなる。よくわからないが、晃太郎もほっと胸を撫でおろした。

2

午後七時半、晃太郎は『福の湯』の番台に座っていた。

福の湯は瓦屋根の古い建物で、じつに七十年以上の歴史があるという。当然ながら番台も年季が入っている。男湯と女湯をまたぐ形で、創業時から変わらない木製の番台が設置されていた。

（一度でいいから座ってみたかったんだ）

今、自分は日本中の男が憧れる場所に座っている。晃太郎は感慨深く、木製のカウンターを撫でまわした。

座る位置は少し高くなっている。番台に置かれた座椅子に腰をおろすと、予想していた以上に眺めがよかった。男女の脱衣所はもちろん、ガラス戸越しの浴場もすべて見渡せた。

脱衣所の隅には、脱いだ服を入れるための籐の籠が重ねられている。木製の棚には扉がなく、籠をただ置いておくだけの昔ながらのスタイルだ。

浴場は水色のタイル張りで、手前に洗い場があり、奥に湯船が設置されている。そして、壁には大きな富士山の絵が描かれていた。

それにしても、若い女性がひとりもいない。勝雄の言っていたとおり、高齢の女性ばかりだ。すでに一時間近く経っているが、ピチピチした女性の生着替えや入浴シーンには、いっさい巡り合えなかった。

男湯のほうも老人がほとんどで、若い人の姿は見当たらない。福猫通り周辺は高齢化が進んでいる。若者は都会に出る者が多く、また残っていたとしても銭湯に行くことなく、家の風呂ですませるようだった。

(思ったより暇だな)

期待していたものが見られないとなると、途端に退屈になってしまう。手持ち無沙汰で番台のなかを見まわした。

狭いスペースに、石鹸やシャンプー、タオルや垢すりなどが置かれている。大半の客が持参するので、あまり売れていない。晃太郎の仕事は、ただ入浴料を受け取ることだけだった。

驚いたのは、客が誰も番台を気にしていないことだ。

男性はともかく、女性も裸を見られることに抵抗がないらしい。いや、番台が卑猥な目で見ていれば気になるだろう。普段、勝雄が邪な気持ちを抱かず、真面目に仕事をしている証拠だった。

常連客がほとんどで、みんな勝手がわかっている。入ってきたときも、カウンターに入浴料の小銭をポンと置いていく人が多い。そういう人たちは、晃太郎が番台に座っていることに気づいていなかった。

男湯の脱衣所に置いてあるテレビに視線を向ける。ナイター中継が映っているが、遠くてよくわからなかった。

(暇すぎる……勝雄さん、早く戻ってこないかな)

欠伸を噛み殺していると、女湯の暖簾が揺れて客が入ってきた。

「こんばんは」

女性客はこちらを見ずに挨拶して、カウンターに小銭を置いていく。釣り銭がないようにぴったりなので、無駄な会話をする必要はなかった。

（ん？）

晃太郎は脱衣所に入っていく女性の後ろ姿を凝視した。

先ほどの声に聞き覚えがあった。白いブラウスの肩を撫でている黒髪にも馴染みがある。下半身に纏っているのは焦げ茶のフレアスカートだ。

もう視線を逸らすことができない。そのとき、女性が横を向いたことで、顔がはっきり確認できた。

（マ、マジか！）

見紛うはずがない。棚の前に立っているのは、晃太郎が密かに想いを寄せている弘美だった。

一気に眠気が消え去り、目を大きく見開いた。

まさかここで弘美に会うとは思いもしない。それは彼女にしても同じだろう。晃太郎が番台に座っているとは、まったく気づいていなかった。

（ちょっと、これは……）

どうやら常連のようだが、勝雄からは聞いたことがない。考えてみれば、番台で見聞きしたことは詳しく教えてくれなかった。軽い男だが、風呂屋としての矜持は持っているのかもしれない。

晃太郎が見ているとも知らず、弘美が服を脱ぎはじめた。

番台からだと、ほぼ真横から眺める位置だ。木製の棚の前に立ち、スカートのホックを外してファスナーをおろしていく。そして、尻を左右に振るようにしながら、ゆっくりずりさげた。

（お、おいおい！）

激しく動揺している。いけないと思うが、どうしても見つめてしまう。滅多にないチャンスを逃すことはできなかった。

彼女は前屈みになっている。片足ずつあげてスカートをつま先から抜き、ストッキングを穿いていない生脚が露わになった。ブラウスの裾でギリギリ隠されて、パンティを拝むことはできない。それがかえって妄想を掻きたてる結果となり、晃太郎を夢中にさせた。

（弘美さんが、目の前で……）

白くて張りのある太腿に視線を這いまわらせる。適度に脂が乗っており、じつに柔らかそうだ。触れたくて仕方がない。番台の硬いカウンターを撫でるが、欲望は膨れあがる一方だった。

弘美はスカートを丁寧に畳んで籐の籠に入れると、ブラウスのボタンに指をかけて上から順に外しはじめる。襟もとが左右に開くのを、晃太郎は瞬きするのも忘れて凝視した。

　ブラウスが肩を滑り、女体から引き剝がされていく。

（おおっ！）

　喉もとまでこみあげてきた声を懸命に抑えて、胸のうちで唸った。

　これで彼女が身につけているのは、白いハーフカップのブラジャーとパンティだけだ。レースがふんだんに使われた下着が、染みひとつない瑞々しい肌に彩りを添えていた。

　腰は想像よりも遥かに細く、優美なラインを描いている。ブラジャーのカップで寄せられた乳房は深い谷間を作っており、双臀はむっちりしてパンティの裾が食いこんでいた。

（すごい……すごいぞ）

　期待がどんどん膨らむが、同時に焦りも大きくなる。もし、番台に座っているのが晃太郎だと気づいたとき、弘美はいったいどう思うだろう。

　勝雄に頼まれて交代したが、今現在、脱衣所の彼女を盗み見ているのは事実だ。問い詰められたら言い訳のしようがない。見つかったら、もう関係を修復することはできないだろう。

（やっぱりダメだ）

こうして見ているのは、とてつもなく危険なことだ。他の誰でもない弘美に嫌われることが、なにより恐ろしかった。

理性の力を総動員して、顔をそむけようとしたそのとき、彼女の両手がすっと背中にまわされた。

（ま、まさか！）

またしても視線が吸い寄せられてしまう。

弘美がブラジャーを外そうとしているのは間違いない。右手を上から、左手を下から背中にまわして、ホックを指先で探っている。片腕を大きく持ちあげたことで、ツルリとした腋の下が無防備に晒されていた。

ほぼ毎日、顔を合わせているが、これまで腋の下を目にする機会はなかった。綺麗に手入れされており、腋毛は一本も見当たらない。いっそう白い腋窩は、いかにも柔らかそうだった。

見惚れている間もなく、ブラジャーのホックが外される。乳房の弾力でカップが上方に弾き飛ばされ、双つの膨らみがプルルンッと勢いよくまろび出た。

「うおっ」

思わず小さな声が溢れだす。幸いナイター中継の音が掻き消してくれたが、危ないところだった。

弘美の乳房は張りがあり、まるで新鮮なメロンのようだ。たっぷりした膨らみの頂点に鎮座する乳首は透きとおるような淡いピンクで、乳輪も色素が薄かった。

（これが、弘美さんの……お、おっぱい）

心のなかで言葉にするだけで、全身の血流が速くなる。夢にまで見た弘美の乳房が剝きだしになっているのだ。彼女が身じろぎするたびプルプル揺れて、どうしようもないほど牡の本能を刺激した。

（くっ……や、やばい）

ジーパンの前が突っ張っている。急激に膨らんだ男根が、ぶ厚い生地を持ちあげていた。

なんとか鎮めようとするが、どうにもならない。なにしろ、憧れの女性が目の前で服を脱いでいるのだ。すでに乳房が剝きだしになっており、さらにはパンティにも指をかけておろしはじめていた。

（おっ……おおっ！）

恥丘から引き剝がされた布地の下から、黒い茂みが顔を覗かせる。フワッとけぶる秘毛は、猫毛のように繊細でしなやかだった。

弘美は自分に向けられている視線に気づかず、前屈みになってパンティをおろしていく。薄い布地を丸めるようにして、むっちりした太腿の上を滑らせると、片足ずつあげてつま先から抜き取った。

目の前で信じられない光景が展開されていた。

甘味処の看板娘が、ついに一糸纏わぬ全裸になったのだ。まさか彼女の裸体を目にする日が来るとは思わなかった。奇跡の瞬間だった。すべてを網膜に焼きつけようと、晃太郎は呼吸も止めて見つめつづけた。

途中、男湯に客が入ってきたが、例によって釣銭なしで入浴料をカウンターに置いていった。晃太郎の意識は弘美にだけ向いている。今は他の客を相手にしている余裕はなかった。

弘美は服をすべて籐の籠に入れると、浴室に向かって歩きだす。風呂桶を小脇に抱えて、プリッと上向きのヒップが丸出しになっていた。

（ああ、弘美さん……）

白桃を思わせる尻が、歩を進めるたび左右に揺れる。

あの双臀に触れてみたい。尻たぶを両手で鷲摑みにしてみたい。思いきり揉みしだいて頬擦りしたい。様々な妄想が押し寄せるが、もちろん実行には移せなかった。

浴室のガラス戸を開けると、弘美は入ってすぐの洗い場に腰を落ち着けた。

番台からはずいぶん離れてしまったが、それでも晃太郎は諦めることなく見つめつづける。彼女の一挙手一投足を記憶に留めたかった。

弘美は木製の風呂椅子に座り、まずはシャワーの湯で身体を流した。そして、ボディソープをタオルに取って、身体を擦りはじめた。腕から順に洗っていくが、遠くてよく見えないのがもどかしい。

（クソッ、もう少し近ければ）

思わず舌打ちをして、番台の上で前のめりになる。目を凝らしていると、泡にまみれたタオルが乳房に押し当てられた。

双丘がプニュッと柔らかくひしゃげる様子が、晃太郎の股間を直撃する。ペニスはますます硬くなり、ジーパンが張り裂けそうなほど膨らんだ。

「よう、遅くなって悪かったな」

突然、声をかけられて心臓がすくみあがった。

「か、勝雄さん」

振り返ると、男湯の入口に勝雄が立っていた。カウンターに寄りかかり、唇の端に笑みを浮かべている。一瞬、邪な気持ちを見透かされたのかと思ったが、そうではなかった。

「馬券、買ってきたぜ」

「そ、そう……」

弘美を見ていたことには気づかれていないが、胸の鼓動がかつてないほど速くなっていた。

「若い女でも来たか？」

「き、来てないよ」

つい即座に否定してしまう。これでは、じっくり見ていたと言っているようなものだった。

「本当か？」

「わ、わからないよ。野球中継を見てたから」

誤魔化そうとするが、取って付けたようになってしまう。すると、勝雄は不思議そうな目を向けてきた。

「どうした？　汗びっしょりだぞ」

「ここ、暑くてさ……」

名残惜しかったが、今のうちに退散したほうがいいだろう。

「じゃ、俺は帰るよ」

「おいおい、もう帰るのかよ？」

勝雄の声を聞き流して、そそくさと番台からおりる。ところが、股間が突っ張っているので歩きづらい。どうしても前屈みの不自然な姿勢になってしまう。

「腹でも痛いのか？」

「う、うん、ちょっと……じゃあまた」

勃起がバレないうちに、福の湯を後にした。勝雄は怪訝な顔をしていたが、今はとにかくひとりになりたかった。

誰にも呼び止められないように、顔を伏せたまま福猫通りを急いだ。

アパートに帰りつくなり、パイプベッドに横たわってジーパンを脱ぎ捨てる。そして、弘美の裸体を思い出しながら、屹立した男根をしごきまくった。

3

翌日、晃太郎はいつものように、きたがわ屋で黙々と皿を洗っていた。

弘美は昨日とは打って変わり、明るい笑顔を振りまいている。ところが、この日は晃太郎のほうが元気がなかった。

銭湯で彼女の裸を見てしまったことが、心に引っかかっていた。しかも見ただけではなく、その美しい裸体を思い浮かべて何度も自慰に耽ってしまった。そのことで、胸の奥に罪悪感がひろがっていた。

弘美は盗み見されたことに気づいていない。いつもどおり話しかけてくれたが、晃太郎は彼女の目をまともに見ることができなかった。

仕事に集中できず、何度か皿を落としかけた。そのたびに泰造からにらみつけられて、気持ちを引き締める。だが、しばらくすると昨夜の光景が脳裏に浮かび、集中力を削られていった。

「晃太郎くん、お団子食べる？」

「ど、どうもです」

厨房の片隅で休憩を取っているとき、弘美が緑茶と胡麻団子を出してくれた。それなのに、会話をひろげるどころか、ろくにお礼さえ言えなかった。

自己嫌悪に陥った状態で、夕方六時の閉店を迎えた。

弘美、泰造、そして晃太郎の三人で後片付けに取りかかる。晃太郎も慣れてきたので、六時半にはすべてが終わり店を後にした。

そして今、晃太郎は『小料理屋すず』の前に立っている。

参道を少しだけ神社のほうに行ったところにある店だ。木造二階建てのこぢんまりした建物で、二階が住居になっていた。

ここで藍山朱音と待ち合わせをしている。

昨日、なにか頼みたいことがあると言っていたが、いったいなんだろう。わざわざ呼びだすくらいだから、重要な話に違いなかった。

「こんばんは……」

晃太郎は少し緊張しながら暖簾を潜り、引き戸を開けた。

店の前は何回も通っているが、入るのは初めてだ。カウンターだけの小さな店で、奥に細長い作りになっている。まだ宵の口のため、他に客の姿はなかった。

「いらっしゃいませ」

カウンターのなかから女将の鈴江香澄が声をかけてきた。

鶯色の紗の着物に白い割烹着をつけており、黒髪を結いあげている。瓜実顔で色白の香澄は、三十六歳という若さで未亡人だ。三年前に夫を病気で亡くして、現在はひとりで小料理屋すずを切り盛りしていた。

「あら、晃太郎くんが来てくれるなんて、嬉しいわ」

香澄は目を細めると、まっすぐ晃太郎の顔を見つめてくる。

目鼻立ちがくっきりした美形で、視線が重なると照れてしまう。晃太郎は店内を見まわす振りをして、視線を逸らした。

ときおり、彼女はきたがわ屋にふらりと現れて、のんびりお茶を飲んでいく。弘美や泰造と話をするのが楽しいようだった。

「おひとり？」

「待ち合わせなんです。朱音さんは、まだ来てないみたいですね」

「まあ、朱音ちゃんと？　二人きりで……」

香澄は驚いた顔で、片手を口もとに持っていく。明らかに、なにかを勘ぐっている様子だ。

「そういうのじゃないですよ。っていうか、朱音さんは新婚じゃないですか」

少し焦りながら否定する。勘違いされておかしな噂がひろまったら大変だ。ところが、香澄はふっと表情を崩して笑みを浮かべた。

「ふふっ、わかってるわよ」

どうやら、からかわれたらしい。香澄は真面目な顔で冗談を言うので、簡単に騙されてしまった。

「いやぁ、まいったな」

苦笑いを浮かべながら、カウンターの一番奥の席に腰かける。すると、彼女は熱いおしぼりを手渡してくれた。

「はい、どうぞ」

「あ、どうも」

「晃太郎くんって、素直で可愛いわ」

女性に「可愛い」などと言われたのは初めてだ。美麗な未亡人にすっかり翻弄されて、顔が熱くなるのがわかった。

「あら、顔が赤いわよ」

　またしても、からかいの言葉をかけられる。返答に窮していると、引き戸が勢いよく開いた。

「ごめんっ」

　朱音だった。店に入ってくるなり、いきなり顔の前で両手を合わせた。

「閉店間際にお客さんが来て、遅くなっちゃった」

「俺も来たばっかりですから」

　ずっと香澄と話していたので、待ったという意識すらなかった。

「ほんとに？　あ、香澄さん、こんばんは」

　朱音はポニーテイルを揺らしながら歩いてくると、隣の席に腰をおろした。

　今日の朱音はノースリーブの白いブラウスを羽織り、濃紺のタイトスカートを穿いている。椅子に座ったことで自然とスカートがずりあがって、ストッキングを穿いていない生の太腿がなかほどまで露出した。

（うおっ、こ、これは……）

　目の遣り場に困る新妻の大胆な姿だ。見てはいけないと思いつつ、むちっとした肉づきに惹き寄せられた。

　内腿がぴったり閉じられているのにも好感が持てる。スカートの奥がどうなっているのか、気になって仕方がない。滑らかで柔らかそうな太腿を、思いきり撫でまわしたい衝動がこみあげた。

（むむっ、これは絶対まずい気がする）

非常に危険な状態だった。理性を働かせて欲望を抑えこまなければ、瞬く間に勃起してしまう。危機感を抱きつつ、朱音の身体からほのかに漂ってくる甘い香りを、無意識のうちにそっと吸いこんだ。

「お飲み物は、熱燗でいいかしら？」

香澄がおしぼりを渡しながら朱音に尋ねた。そうやって訊くということは、いつも熱燗を飲んでいるのだろうか。

「晃太郎は、なにが好き？」

「お、俺ですか？　俺はそんなに強くないから……」

慌てて太腿から視線をあげると、邪な気持ちを隠して小声で答えた。

まったく飲めないわけではないが、それほど強いほうではない。付き合いで少し飲む程度だった。

「じゃあ、ビールにしようか。香澄さん、お願いします」

本当は熱燗が好きなのに、晃太郎に合わせてくれたのだろう。他にもつまみをいくつか頼んでくれた。朱音は元気すぎて大雑把に見えるが、本当は気遣いができる細やかな女性だった。

瓶ビールとお通しの漬物が出てきて、とりあえず乾杯した。

「今日は来てくれて、ありがとうね」

「いえいえ、どうせバイトが終わったら、アパートに帰って寝るだけですから」

グラスを合わせると、朱音はひと息に飲み干した。

「ぷはぁっ！　やっぱり、仕事のあとの一杯は最高ね」

かなり酒が好きらしい。アルコールが入ったことで、ご機嫌になっている。晃太郎は釣られないように気をつけて、自分のペースでゆっくり飲んだ。

「よく飲みに来るんですか？」

「結婚する前はね。今はそうでもないわ」

朱音が答えると、カウンターのなかの香澄が目を細めて小さく頷いた。

「毎日のように来てくれてたのよ」

「香澄さんって聞き上手でしょう。いつも愚痴を聞いてくれるから、つい甘えてたのよね」

意外な言葉だった。竹を割ったような性格の朱音が、愚痴をこぼしている姿は想像がつかない。だが、じつは周囲に気を遣う繊細な一面も持ち合わせている。見た目の印象とは裏腹に、ストレスを溜めこみやすいのかもしれなかった。

「旦那さんとは飲みに来ないんですか？」

「ここは、わたしだけの城だもの」

朱音はさも大切そうにカウンターを撫でた。

独身時代に通い詰めた店には、いろいろな思い出があるのだろう。彼女は煎餅屋のひとり娘なので、後継者問題でかなり悩んでいたと聞いている。もしかしたら、そういうことも含めて、香澄に相談していたのではないか。

朱音が見合いをしたのは去年のことだ。

薬局のタエさんの紹介で、後に夫となる清志と知り合った。彼は自動車販売会社に勤務するサラリーマンだったが、婿養子となって煎餅屋を継ぐ意思があるという。それが決め手となり、今年の一月に結婚した。

夫婦仲は上手くいっているらしい。

清志は無口で物静かな人だが、真面目な性格だと聞いている。店の前を通ると、いつも真剣な表情で煎餅を焼いていた。修業は厳しいだろうが、きっと立派な三代目になることだろう。

「旦那さんはどうしてるんですか？」

「飲みに行ってるわ。前の会社の人と。男同士の付き合いがあるんですって」

どこか投げ遣りな言い方だった。

夫が飲みに行くことを、快く思っていないのだろうか。今日は大切な話があるようだが、夫に関係あることかもしれない。

（まさか、清志さんが浮気してるとか？）

あの真面目そうな人に限って、それはないと思う。それならば、こうしてわざわざ飲みに誘った理由はなんだろう。疑問は膨れあがる一方だが、彼女はまだ本題に入ろうとしなかった。

「香澄さん、もう一本ね」

朱音がビールを追加した。

すでにカウンターには、枝豆、煮魚、冷や奴などが並んでいる。晃太郎は割り箸で摘みながら、ビールをちびちび飲んでいた。

「晃太郎って、弘美ちゃんのこと好きなの？」

唐突に尋ねられて、口に含んだビールを危うく噴きだしかける。懸命に飲みくだして、朱音に向き直った。

「な、なんですか、いきなり」

動揺を隠そうとして、つい口調が強くなる。なぜ急にそんなことを言いだしたのだろう。胸に秘めた想いを、誰かに打ち明けたことはない。弘美への恋心は、自分だけの秘密だった。

「怒ったの？」

「別に怒ってませんけど……急にヘンなこと言うから」

図星だからこそ焦っていた。胸のうちを覗かれた気がして、なんとか誤魔化そうと必死だった。

「違うならいいんだけどね。ヘタに手を出しても失敗するから、教えてあげようと思ってさ」

気になる言い方だ。手を出しても失敗するとは、どういうことだろう。弘美には好きな人がいるのだろうか。

(まさか、漬物屋の……)

ぼんぼん息子の軽薄な笑みが脳裏に浮かぶ。清隆が弘美を狙っているのは間違いないが、まさか彼女もその気になったというのか……。

「ち、ちなみにですけど、あくまでも参考までに訊きますけど、どうして失敗するんですか?」

尋ねずにはいられない。自分には高嶺の花だとわかっているが、あの軽い男にだけは渡したくなかった。

「弘美ちゃんが大学生のとき、付き合っていた人がいたの」

初めて聞く話だ。昔のこととはいえ、片想いの女性に彼氏がいたという事実は、晃太郎の胸を深く抉(えぐ)った。

「その人と別れてから、絶対に誰とも付き合わないんだよね。わたしも根掘り葉掘り聞いたりしないから、よくわからないけど。未練があるのかな？」

「へ、へえ……」

内心のショックを押し隠して返事をした。

別れた男のことを、いまだに想っているのだろうか。彼女に好きな人がいると思うだけで、居ても立ってもいられない気持ちになった。

「そういえば、漬物屋の若旦那も狙ってるみたいね」

「そ、そうなんですか？」

惚けて知らない振りをする。

「あれは本気だね。清隆のアタック、すごいのよ。店を開けると、いつも一番に買いに来るんだって」

「は？」

午前中は講義があるので、店でなにが起こっているのか知らない。まさか、清隆が朝から来ていたとは……。

「弘美ちゃん、毎回デートに誘われて、毎回断ってるんだけど、そろそろ流されちゃうかもね」

朱音がひとりごとのようにつぶやいた。

確かに心やさしい弘美が断りづらくなって、「一度くらいなら」とデートに応じてしまう可能性もある。想像したくもないが、弘美と清隆が並んで参道を歩く姿が脳裏に浮かんだ。

「くっ……」

慌てて頭を左右に振り、グラスに残っていたビールを一気に呷(あお)った。

朱音もビールをハイペースで飲んでいた。横顔がほんのり染まっているが、瓶が空くとすぐに追加する。まだまだ飲み足りないようだった。

「と、ところで、なにかお話があるんですよね？」

話題を変えたくて、ついに晃太郎のほうから切り出した。ところが、朱音はもう少ししたら相談すると言って、なかなか本題に入ろうとしなかった。

しばらく、そのまま飲みつづけるが、香澄が奥の洗い場に向かうと、ようやく朱音が小声で語りはじめた。

「あのね、じつはね……言いにくいんだけど……をしてほしいの」

「はい？」

なにを言っているのか聞き取れない。うながすように顔を見ると、なぜか朱音はおどおど視線を逸らす。彼女のそんな仕草を目にするのは初めてだった。

「ちょっとだけ、相手をしてくれないかな？」

やはり声は消え入りそうなほど小さい。香澄は洗いものをしているが、聞かれるのを気にしているようだった。

「相手って、なんの相手ですか？」

さっぱり意味がわからず聞き返す。すると、朱音はもどかしそうに、ノースリーブのブラウスから剝きだしの肩を揺すった。

「もう、だから……」

いったん言葉を切ると、唇をすっと晃太郎の耳もとに寄せてきた。

「……セックス」

熱い吐息とともに、掠れた声が耳孔に流れこんでくる。

「え？」

一瞬、なにを言われたのか理解できない。ただ、ひどく淫らな響きだったのはわかる。相づちを打つこともできず、きょとんとして固まった。

（今……セックスって？）

胸のうちで自問自答する。自分の耳を疑ったが間違いない。まさか、彼女の唇からそんな単語が紡がれるとは思いもしなかった。

「な、な、なにを……」

舌が上手くまわらず、まともに言葉を返すこともできない。朱音は耳まで赤く染めて、ビールのグラスを握りしめていた。冗談を言った顔ではなかった。

（本気……なのか？）

晃太郎の頭は混乱していた。足もとがグラグラ揺らいでいる錯覚に陥り、両手でカウンターの端を強く握った。

なにしろ、いきなりセックスの相手をしてほしいと言われたのだ。朱音は今年結婚したばかりの新妻だ。なにが起こっているのか、さっぱりわからない。現実なのか夢なのかさえ、確信が持てなかった。

「こんなこと、晃太郎にしか頼めないからさ」

朱音はグラスを握ったまま、ぽつりぽつりと語りだした。

「うちの人、あっさりしてるっていうか……ちょっと物足りないっていうか」

新婚にもかかわらず、夫が淡泊で夜の生活が盛りあがらないという。真面目でやさしい人だが、そこだけが不満らしい。なんとか夫婦の時間を楽しいものにできないかと、ひとり思い悩んでいた。

「助けると思って……ね？」

朱音は真剣だった。拝むように両手を合わされると、嫌とは言えない。だからといって、自分に手助けができるとは思えなかった。

「お、俺、あんまり経験ないから……」

本当は一度しかないのだが、格好悪くて口にできない。あやふやな言葉でやんわり断ると、彼女は問題ないとばかりに頷いた。

「なにもしなくていいの」

「はい？」

「晃太郎はなにもしなくていいよ。わたしが、いろいろ練習したいだけだから」

つまりは夫を悦ばせるテクニックを磨くため、練習相手になってくれということらしい。ただ寝ていればいいと言われても即答できない。期待は膨らむ一方だが、彼女は人妻だ。さすがにまずい気がした。

「そ、そういうのは、旦那さんと研究したほうがいいんじゃない？」

「うちの人、いっしょに楽しむようなタイプじゃないもの。わたしがさりげなく、その気にさせてあげないと」

確かに清志は寡黙な男だ。ましてや、今は煎餅屋の修業だけに頭が向いているのだろう。夫婦生活が盛りあがるかどうかは、朱音の努力にかかっていた。

「でも、なんで俺？」

ふと素朴な疑問が湧きあがる。朱音には男女を問わず友人がたくさんいる。なにも晃太郎のような、いかにも奥手な男ではなく、経験豊富な男友達に頼んだほうがいいのではないか。

「だって、いろいろするんだよ。誰でもいいってわけじゃないわ」

朱音の顔が真っ赤になっているのは、酒のせいだけではない。突拍子もない提案をしながら、激烈な羞恥を感じているようだった。

「でも、晃太郎ならいいかなって」

ひとり言のようなつぶやきだが、はっきり聞こえた。

「だから、いいでしょ？」

朱音は新妻だ。結婚してから、まだ半年も経っていない。だが、涙目で頼まれると断れなかった。

4

十分後、晃太郎は朱音たち夫婦の寝室にいた。

新婚夫婦の二人は、煎餅屋から徒歩五分ほどの場所にある賃貸マンションに住んでいる。夫の清志は飲みに行っており、両親の住居は煎餅屋の二階だ。つまり、今この家にいるのは、晃太郎と朱音の二人だけだった。

「こっちに来て」

朱音がしっとりした声で呼びかけてきた。

十畳ほどの部屋の真ん中に、ダブルベッドが置かれている。落ち着いた薄緑のシーツがかかっており、枕がふたつ並んでいた。ここは夫婦が愛を確かめ合う神聖な場所だった。

部屋の隅にある鏡台には、一枚の写真が飾られている。ウェディングドレス姿の朱音とタキシードで決めた清志が、満面の笑みで写っていた。

「晃太郎……」

朱音はベッドの前に立っている。晃太郎は逡巡しながらも、彼女に歩み寄った。緊張のあまり、心臓がバクバクと音を立てていた。

（本当に……いいのか？）

そんな晃太郎の迷いなどお構いなしに、朱音がすっと身を寄せてくる。首に腕をまわすと、なにも言わずに唇を押し当ててきた。

「朱音さ――うんんっ」

「はンンっ」

いきなりの口づけだ。彼女の鼻から微かな声が漏れて、柔らかい舌先で唇をなぞられた。

「あふンっ……ンぅっ」

そのままヌルリと口内に入りこみ、歯茎（はぐき）から頬の裏側にかけてをじっくり舐められる。晃太郎も恐るおそる舌を伸ばせば、瞬く間に絡み取られてジュルジュルと吸いあげられた。

（俺、朱音さんと……）

唇を重ねた状態で薄目を開くと、朱音の顔がアップで視界に飛びこんでくる。いつも元気いっぱいの彼女が、睫毛(まつげ)を伏せて艶っぽい女の顔になっていた。

シロップのように甘い唾液に陶然(とうぜん)となり、頭の芯がジーンと痺れてくる。気づいたときにはペニスが勃起して、張り詰めたジーパンの股間が、彼女の下腹部を強く圧迫していた。

「あンっ……もうこんなに」

朱音は唇を離すと、晃太郎のTシャツをまくりあげる。あっさり頭から引き抜いて、上半身を裸にした。

「あ、あの……」

「いいのよ、そのままで。やだ、晃太郎って意外と逞(たくま)しいんだ」

胸板を撫でまわしてきたと思ったら、頬を押し当ててくる。そして、ついばむようなキスを繰り返し、やがて乳首をチュッと口に含んだ。

「うっ……」

思わず小さな声が溢れだす。電流のような快感がひろがり、全身の筋肉が即座に反応した。

「練習だから、くすぐったくても我慢してね」

「は、はい……ううう っ」

「ピクピクしちゃって、これが感じるんだ？」

朱音は反応を確かめるように、舌先で硬くなった乳首を転がしてくる。そのたびに晃太郎は呻き声を漏らして、体を思いきりこわばらせた。

「くっ……ううっ」

「ねえ教えて、こうすると気持ちいいの？」

真面目な顔で訊かれたら、答えないわけにはいかない。彼女は夫婦生活を充実させるために、男を奮いたたせる性技を本気で身につけようとしている。だからこそ、素直に感想を述べるべきだと思った。

「き、気持ちいいです」

震える声で伝えれば、朱音は反対側の乳首にも吸いついてきた。

「ちょ、ちょっと……」

「今のうちに復習しておきたいの」

彼女は上目遣いに見つめながら、舌先で乳輪をなぞってくる。そして、晃太郎の勃起した乳首を唇で挟みこみ、先端に唾液を塗りつけてきた。

「ンンっ……こうかな？」

「う、うん、気持ちいい……おおっ！」

ジーパンの股間をまさぐられて、思わず声が漏れてしまう。ペニスは完全に硬直しており、ボクサーブリーフのなかは先走り液でぐっしょり濡れていた。

「すごく硬くなってる」

朱音は股間の膨らみを撫でまわし、うっとりしたような瞳を向けてくる。

「わたしの愛撫で、感じてくれてるのね？」

「は、はい……すごく、上手です」

口づけと乳首への刺激だけで、我慢汁がとまらなくなっている。こんなことをされたら、どんな堅物の男でも獣になるだろう。

「これなら、きっと清志さんも……」

「晃太郎はやさしいね」

嬉しそうな声だった。あの姐御肌の朱音が、まるで少女のような愛らしい笑みを浮かべていた。

「ちゃんと気にしてくれてたんだ。あの人のこと」

「お、俺は別に……」

見つめられると、今さらながら照れ臭くなってしまう。

もともと目鼻立ちは整っているが、今夜はやけに輝いて見える。夫のために健気にがんばる彼女が、とても魅力的に感じられた。

「今度はこっちもね」

夫を悦ばせるための練習は、まだ終わっていないらしい。ジーパンのボタンを外してファスナーをおろし、ボクサーブリーフといっしょにずりさげられた。

「うおっ！」

いきり勃った肉柱が、唸りをあげて跳ねあがる。先端はコブラの頭のように膨らみ、胴体部分には太い血管がのたくっていた。

「やだ、すごく大きい」

朱音は男根を見つめて息を呑んだ。

「あの……朱音さん？」

晃太郎が声をかけるまで、彼女はペニスを見つめたまま動かなかった。

「あ、ごめんね。びっくりしちゃって」

気を取り直したようにつぶやき、ジーパンとボクサーブリーフを奪い去る。そして、全裸になった晃太郎を、夫婦のダブルベッドに横たえた。

「こっちを見ちゃダメよ」

そんなことを言われると余計に気になってしまう。晃太郎は仰向けの状態で、ベッドの横に立った朱音をチラリと見やった。

熱い視線に気づいているのに、彼女はブラウスのボタンを外していく。もしかしたら、見られることが嬉しいのかもしれない。夫は淡泊だというので、女として見られていることに悦びを感じているのではないか。

そういうことなら遠慮はいらない。晃太郎は顔を横に向けると、新妻が服を脱いでいく様を堂々と眺めた。

「ダメだって言ってるのに……」

恨みっぽくつぶやくが、朱音は手を休めない。ブラウスを脱ぐと、レースがあしらわれた涼しげな水色のブラジャーが露わになった。

(おっ……でかい)

思わず心のなかでつぶやいた。

着痩せするタイプなのか、乳房は驚くほど大きく、寄せて作られた谷間が深かった。肌は雪のように白くて、ふっくらと柔らかそうだ。身じろぎするだけで、双乳がブラジャーごとタプタプと揺れた。

さらにスカートもおろすと、ブラジャーとセットのパンティが見えてくる。水色の薄い布地が恥丘に張り付いており、黒々とした秘毛がうっすら透けていた。

「ねえ、晃太郎……」

朱音は双眸（そうぼう）を潤ませながら、両手を背中にまわしてブラジャーのホックを外す。カップを引き剝がすと、たっぷりした乳房が剝きだしになった。

「おおっ」

晃太郎は言葉もなく、ただ唸っていた。

とにかく大きな乳房だ。まるで膨らませた水風船のように張り詰めている。白い曲線の頂点では、さくらんぼを思わせる乳首が揺れていた。

「どうかな？　わたしの身体」

掠れた声でつぶやき、細い指をパンティにかける。前屈みになりながら、じわじわ太腿を滑らせていく。ふっくらした恥丘に茂る漆黒の陰毛がふわっと溢れだし、晃太郎の視線を釘付けにした。

「ねえ、どう思う？」

朱音の瞳はどこか不安げだ。彼女は自分の価値を知りたがっているのだろう。夫が淡々としているのは、自分のせいだと思いこんでいる節があった。

「ど、どうって言われても……」

じつにそそる身体つきだ。男なら誰もがむしゃぶりつきたくなるだろう。だが、それをストレートに口にするのは憚（はばか）られた。

「す、すごく……」

ていた。

「すごく？」

朱音が言葉を待っている。夫ではない男の前で裸体を晒して、赤裸々な感想を求めていた。

「すごく、綺麗です」

悩んだ末に、言葉を選んで口にする。ところが、彼女は今ひとつ納得できないようだ。羞恥に身をくねらせながらも、不満そうな瞳を向けてきた。

「それだけ？　裸になってるのに」

「い、いえ、あの……」

求めている言葉と違ったらしい。夫とのことで、朱音は自信をなくしかけているのだ。男にとって魅力的な身体であることを教えてあげるべきだった。

「い……いやらしいです」

思いきって口にする。きっと、そういう言葉を彼女は求めているのだろう。

「朱音さんの身体を見てると……なんか、すっごくムラムラします」

言っている自分も恥ずかしいが、朱音はもっと恥ずかしいはずだ。真っ赤に染まった頬を両手で押さえて、くなくなと腰を振った。

「やだ、急になに言いだすの……もう、晃太郎ったら」

甘くにらみつけてくるが、怒っているわけではない。その証拠に口もとに笑みを浮かべながら、ベッドにあがってきた。

晃太郎の脚の間に入りこんで正座をする。そして、お辞儀をするように上半身を前に倒して、勃起したペニスを胸の谷間に挟みこんできた。

「そ、それって、もしかして……」

「パイズリって言うんでしょ？」

朱音の唇から、「パイズリ」などという言葉が紡がれるとは驚きだった。

「男の人って、こういうのが好きなのよね？」

どこでそんなことを覚えたのだろう。彼女は両手を乳房の外側にあてがうと、中央にぐっと寄せた。

「おううっ！」

屹立した男根が、柔肉でふんわり挟みこまれる。初めて味わう感触だ。手で握られるのとはまったく異なる、どこまでもやさしい快楽がこみあげてきた。

「これでいいのかな。ねえ、どんな感じ？」

「うっ……くううっ」

彼女が上目遣いに尋ねてくるが、なにしろパイズリの経験など一度もない。これが正しいやり方なのか判断できなかった。それでも、気持ちいいことだけは確かで、亀頭の鈴割れからは透明な汁がじくじく滲み出していた。

「い……いいです」

やっとのことで、それだけを口にする。ただ挟まれただけなのに、早くも射精感が湧きあがっていた。

(俺のチ×ポが、朱音さんのおっぱいに……)

股間を見おろせば、信じられない光景がひろがっている。ペニスに受ける刺激もさることながら、視覚的にも興奮を煽りたてられた。

「これで動かすんでしょ？」

朱音が上半身をゆったり揺すりはじめる。しっかり挟みこまれた男根が、双つの乳房の谷間で擦りあげられた。

「おっ……おおっ」

瞬く間に快楽の波が押し寄せる。かつて味わったことのない愉悦だ。

蕩けそうなほど柔らかい双つの乳房が、棍棒のように硬くなったペニスを覆い尽くしている。その状態でゆったりしごかれるのは至福の刻だ。ソフトな刺激なので、すぐ限界に達することなく快楽をじっくり堪能できた。

「こ、これ、たまらないです」

「気に入ってくれた？」

「は、はい、すごく気に入りました」

我慢汁が潤滑剤となり、ヌルリヌルリと擦られる。晃太郎は息を乱しながら、波状的に押し寄せてくる快楽に身をまかせていた。

「ふふっ……そう、これがいいのね」

朱音は嬉しそうに目を細めてパイズリを継続する。身体を揺するたびに、ポニーテイルがリズミカルに弾んでいた。

「こういうのはどう？　もっと強いほうがいい？」

男をより悦ばせるやり方を探しているらしい。挟む力を微妙に変えたり、擦る速度に変化をつけてきた。

「ど、どれもいいです、くううっ」

「ああンっ、ちゃんと教えて」

「き、気持ちよすぎて、なんだかわかりません」

両手でシーツを握りしめて訴える。すると、晃太郎の感じている姿が嬉しかったらしく、朱音はペニスを挟みこんだ状態で見あげてきた。

「晃太郎って、ほんとに素直ね」

「朱音さん……お、俺……」

延々とパイズリされて、欲望が思いきり膨れあがっている。先ほどから先走り液がとまらず、新妻の乳房の谷間はぐっしょり濡れていた。

「わたしもヘンな気分になってきちゃった」

朱音はペニスから漂う牡の匂いを、うっとりした表情で吸いこんだ。そして、晃太郎の脚の間で後ろを向き、四つん這いの姿勢になる。大きなヒップを掲げて、見せつけるような格好だ。

「ねえ、晃太郎」

甘えた声で囁き、双臀をゆったり左右に揺らめかせる。染みひとつない白い尻たぶと、黒い陰になった臀裂のコントラストが欲情を搔きたてた。

「こういうのって、どう？」

尻で円を描くように、腰をくねらせる。昼間の快活な姿からは想像がつかない、淫靡な動きだ。朱音のこんな姿を目にしたら、参道のみんなは腰を抜かすに違いなかった。

(朱音さんが、こんなことまで……)

夫の前でも腰を振り、その気にさせて襲わせるつもりに違いない。こうして懸命に練習している彼女を、なんとか応援してあげたい。そう思うと同時に、牡の欲望がどうしようもないほど滾(たぎ)っていた。

「興奮する？」

「し、します、すごく興奮します」

晃太郎はじっとしていられず体を起こした。射精欲が高まっている。ずっと練習台になってきたが、いつまでも受け身ではいられなかった。

這いつくばっている人妻の背後で膝立ちになる。すると、じつに壮観な眺めが眼下に広がった。くびれた腰から尻にかけての大胆な曲線と、逆ハート型のヒップが獣欲を煽りたてた。

「これが、朱音さんの……」

勃起しているペニスがピクッと跳ねて、新たな先走り液が溢れだす。視覚的な刺激だけでも、性感がきわどいところまで追い詰められていた。

「ああン……見てるだけ？」

朱音が腰をくねらせて、羞恥に染まった顔で振り返った。

誘うように見つめてくる瞳も、半開きになった唇も、男を求めてしっとり濡れている。きっと臀裂の奥も、しとどに蜜を滴(したた)らせているに違いなかった。

「お、俺……」

もう言葉にならない。両手で尻たぶを摑み、ググッと左右に割り開く。真後ろから股間を覗きこむと、サーモンピンクの肉唇がたっぷりの華蜜で濡れ光っていた。

「やだ、なに見てるの？」

「濡れてる、こんなに……」

頭にカッと血が昇る。彼女も興奮しているという事実が、晃太郎の理性を猛烈に揺さぶった。

「そんなに見られたら、恥ずかしいよ」

「なんて、いやらしいんだ」

ここまで挑発されたら黙っていられない。もう人妻だろうと関係なかった。朱音は割れ目をドロドロに濡らすほど欲しがっている。後ろから貫いてほしくて、尻を高く掲げた恥ずかしいポーズを取っているのだ。

「いや……は、早く」

朱音の声は掠れている。期待と不安、それに羞恥が螺旋状に絡まり合っていた。

「俺も、もう……」

これ以上は我慢できない。くびれた腰に片手を添えると、もう片方の手で男根を摑んで狙いを定める。バックから挿入するのは初めてだ。先端を割れ目に押し当てて、慎重に腰を前進させた。

「ああッ！　晃太郎が……あああッ」

「おおッ、おおおッ！」

肉唇を押し開くと、亀頭がヌルリと嵌りこむ。途端に熱い粘膜が吸いついて、膣口がカリ首を締めつけてきた。

「こ、これは……うぐぐッ」

いきなり快感の波に飲みこまれて、慌てて奥歯を食い縛る。彼女も感じているのか、女壺は猛烈に収縮していた。

「ああっ、大きい……お願い、ゆっくり」

「き、気持ちよすぎて……むううっ」

唸りながら腰を押し進める。時間をかけてじりじりと埋めこみ、ようやく根元まで繋がった。

「あううっ、晃太郎と、ひとつになったのね」

朱音が喘ぎ混じりにつぶやき、蜜壺をうねらせる。今さらながら背徳感に襲われているのか、それを振り払うようにペニスを思いきり食いしめてきた。

「ちょっ……そ、そんなに締められたら」

晃太郎は額に汗の粒を浮かべて、快楽を抑えこんでいる。これでは一瞬たりとも気を抜けない。油断した途端、一気に暴発するのは目に見えていた。

「わたしのなか……どんな感じ？」

自分の身体が、男にとってどれほど価値があるのか確かめたいのだろう。朱音は呼吸を乱しながら尋ねてきた。

「熱くて、うねうねして……それに、絡みついてきて……」

晃太郎はくびれた腰を摑むと、飾らない言葉を並べていく。どんなに気持ちいいかを伝えることで、彼女は自信をつけるはずだ。そうすれば、尻込みせずに夫を誘うことができるだろう。

「朱音さんのなか、とっても気持ちいいです！」

言い終わると同時に腰を振りはじめる。テクニックもなにもない本能にまかせたピストンだ。とにかく、全力で動きまくって、思いきり射精したかった。

「か、絡みついて……おおおッ」

「ああッ、いきなり、はああッ」

「ぬううッ、締まる締まるっ」

欲望に突き動かされるまま、ペニスを力まかせに抜き差しする。媚肉を抉りまくることで、瞬く間に快楽の嵐が巻き起こった。

「くううッ、腰がとまらない！」

「ああッ、ああッ、晃太郎っ」

彼女の背中に覆いかぶさり、両手を身体の前にまわしこむ。大きな乳房を揉みあげると、指が柔肉のなかに吸いこまれた。

「朱音さんのおっぱい、こんなに柔らかいんだ」

「そ、そんなに激しくされたら……あああッ」

朱音の声も上擦っていく。乳房を揉みまくって乳首を摘めば、女体の反応はさらに顕著になった。

「そ、それはダメぇっ」

「ううぅッ、すごい……」

懸命に射精欲を抑えて、唸りながら腰を振りたくる。乳首を指先で転がし、男根をピストンすれば、朱音の喘ぎ声がさらに高まった。

「はあぁッ、ダ、ダメっ、ち、乳首、弱いの……」

くびれた腰をくねらせて、女壺を激しく収縮させる。膣襞が太幹に絡みつき、隙間がないほど密着した。

「くううッ、き、気持ちいいっ」

まるで男根を吸いこむように、蜜壺全体が蠢いている。射精欲が限界まで膨れあがり、ピストンスピードがさらにアップした。力まかせに腰を打ちつけて、カリで膣壁を抉りつつ、女壺の奥を叩きまくった。

「おおおッ、朱音さんっ」

「い、いいっ、あああッ、いいっ」

朱音も手放しで喘ぎだす。両手でシーツを搔きむしり、夫婦の寝室にあられもない声を響かせた。

「わたしも、あああッ、わたしもよ」

晃太郎が訴えれば、朱音もたまらないとばかりに腰をくねらせる。いつしか二人は息を合わせて、絶頂への階段を昇りはじめた。

「おおおッ、おおおおッ」

「あああッ、ひあああッ」

二人の呻き声と喘ぎ声が交錯する。さらに彼女の尻が、パンッ、パパンッという乾いた肉打ちの音を響かせた。

「くううッ、も、もうダメですっ、ぬおおおおおおッ！」

これ以上は耐えられない。晃太郎は激しく腰を振りながら、ついに煮えたぎった粘液を放出した。

「あああッ、いいっ、わたしもイキそうっ、あああッ、ああああああああッ！」

膣奥に精液を浴びて、朱音も絶頂に昇り詰める。背筋が仰け反り、ポニーテイルを跳ねあげてアクメの嬌声を振りまいた。

「朱音さんっ、おおおッ！」

膣が締まり、ペニスがこれでもかと絞られる。ドクドクと大量に射精しているのに腰がとまらない。興奮が最高潮に達しており、ブレーキが壊れた暴走機関車のように抽送をつづけていた。

二人は全裸のまま、並んで横たわっていた。

朱音はこちらに背中を向けており、表情をうかがうことはできなかった。

新妻の膣深くにザーメンをたっぷり注ぎこんだ。しかも、夫婦が愛を確かめ合うはずのダブルベッドで、バックから思いきり突きまくってしまった。

（さすがに、ちょっと……）

興奮が醒めてくるにつれて、晃太郎の胸には焦りと不安がひろがっていた。

いくら頼まれたこととはいえ、やり過ぎだったのではないか。最後のほうは、本能のままに腰を振っていた。朱音はどう思っているのだろう。気になるが、怖くて話しかけることはできなかった。

そのとき、彼女が寝返りを打ってこちらに顔を向けた。

「晃太郎……」

「あ、朱音さん、俺――」

とにかく謝ろうとした晃太郎の唇に、彼女は人差し指をそっと当ててくる。たった指一本で、言葉を奪われてしまった。

「ありがとう」

朱音はこれまで見せたことのない安らかな笑みを浮かべると、やさしく蕩けるような口づけをしてくれた。

第三章　なやまし看板娘

1

晃太郎は大学の教室で、この日の最終講義を受けていた。

いや、受けているのではなく、ぼんやり座っているだけだ。一番後ろの席で頬杖をつき、視線は宙を漂っていた。

大学がつまらないわけではない。むしろ、バイトをはじめてから心に余裕が生まれたのか、キャンパスライフを楽しめるようになってきた。休み時間には友人たちと談笑することもあった。

ただ、脳裏の片隅には常に弘美がいた。

「はぁ……」

無意識のうちに溜め息が溢れだす。

銭湯の番台から目にした裸体は、瞼の裏にしっかり焼きついている。一週間経った今でも、頭のなかをグルグルまわっていた。

彼女への想いは強くなる一方だ。バイトで顔を合わせるたび、胸が切なく締めつけられる。こんな状態では、講義などまったく頭に入らない。寝ても覚めても、弘美のことしか考えられなかった。

朱音と身体を重ねたことも影響しているのかもしれない。

夫への一途な想いは、健気でとても美しく感じられた。晃太郎と関係したのも、夫と夜の生活のためだった。

肌を合わせたからこそ朱音の気持ちが理解できる。晃太郎と腰を振り合って、どんなに燃えあがっても、彼女のなかでは夫が一番だった。

(俺も、弘美さんのことが……)

晃太郎の気持ちも決して揺らぐことはない。

弘美は参道の人気者で、また年上の大人の女性だった。叶わぬ恋だとわかっている。それでも、密かに想いを寄せるだけなら、誰にも迷惑はかけないだろう。

——近くにいられるだけで幸せだ。

いつも、そう自分に言い聞かせている。告白などできるはずもなく、彼女が自分を好きになることもあり得ない。交際など奇跡でも起こらない限り不可能だ。それならば、せめて一番近くで彼女の笑顔を眺めていたかった。

講義が終了すると、途端に気持ちはアルバイトに向いていた。弘美に会えると思うだけで嬉しくなる。晃太郎は軽い足取りで、そそくさと教室を後にした。

福猫通りを早足で歩いていくと、店の前で寛いでいるミケさまが見えた。

優雅な仕草で毛繕いの真っ最中だ。自分の手をペロペロと舐めては、顔を何度も撫でまわす。晃太郎は「よっ、ミケさま」と猫に声をかけてから暖簾を潜った。

「いらっしゃいませっ」

いきなり、弘美の元気な声が出迎えてくれた。彼女はガラスケースの前に立っており、ちょうど接客しているところだった。

「あ、俺です」

客と間違われることは年中なので慣れている。従業員専用の出入口がないので仕方がない。紛らわしくてすみません、という感じで軽く頭をさげると、弘美は身内にだけ見せる柔らかい表情を向けてきた。

「間違えちゃった」

クリーム色のシャツの肩を、申し訳なさそうにすくませる。そんな仕草が可愛らしい。庶民的な藍色のエプロンが似合っており、家庭的な雰囲気を醸しだしている。この親近感が人の心を惹きつけるのだろう。

「ごめんね、いつも間違えて」

「いえ、大丈夫です」

晃太郎も釣られて笑顔になるが、彼女と並んで立っていた男を目にして、頬の筋肉がひきつった。

(なんで、こいつが……)

思わず胸の奥でつぶやいた。

黒いポロシャツの襟を立てているのは、漬物屋の清隆だ。スラックスも革靴も黒で統一して、首にはこれ見よがしにゴールドのネックレスを着けていた。見れば見るほど、軽薄で嫌みなぼんぼん息子だった。

清隆はこちらに視線を向けるが、晃太郎のことなどまるで相手にしない。完璧なまでに無視すると、再び弘美と向き合った。

「今度、映画でも観に行こうよ」

相変わらず軽い口調だ。なんとかしてデートに誘いたいようだが、弘美は即答はしなかった。

「映画なんて全然観てないわ。最後に観たのがいつなのか、思い出せないくらい」

「じゃあ、久しぶりに行こうか」

なにやら二人は楽しそうに話している。弘美の気持ちはわからないが、清隆はずいぶん前のめりになっていた。

（こいつ、本気で狙ってるな）

晃太郎は二人の横を通り、ガラスケースの脇から厨房に入っていった。

いきなり嫌なものを見せられて気分が悪い。バイトに来るのが楽しみなのに、出鼻をくじかれてしまった。

ただの嫉妬だ。自分でもわかっているが、どうしようもない。恋人でもないのに、独占欲ばかりが膨らんでいる。弘美が他の男としゃべっているのを見るだけで腹立たしい。清隆のような軽い男だとなおさらだった。

「こんちは……」

晃太郎は店主の泰造に軽く頭をさげると、そのまま洗い場に直行した。

「おう」

泰造は晃太郎に挨拶を返した後、無言で団子作りを再開する。こういうとき、職人は無口なので気が楽だった。

晃太郎はむっつり黙りこみ、流しに溜まっていた皿を洗いはじめた。

なにも考えず、黙々と手を動かす。ときおり清隆の浮かれた声が聞こえてくるが、右から左に聞き流した。

仕事に集中することで、やがて乱れていた心が静まってくる。皿や湯飲みを淡々と洗う機械的な作業が、不思議と晃太郎の気持ちを落ち着かせてくれた。

どれくらい没頭していたのだろう。ふと振り返ると、清隆はいなくなっており、すぐ近くに弘美が立っていた。

「晃太郎くん、休憩する？」

「あ……まだ平気です」

じっと見つめられて、戸惑いながら返答する。彼女はいつからそこにいたのか、なにやら心配そうな顔になっていた。

「でも、疲れてるんじゃない？」

不機嫌そうな晃太郎を見て、疲れていると勘違いしたらしい。悪いことをしたと思うが、先ほどは苛立ち（いらだ）を抑えられなかった。

「俺はまだ来たばっかりですから、弘美さん、先に休んでください」

元気に告げたそのとき、客の声が聞こえてきた。

「ごめんください」

「はい！」

弘美が反射的に答えながら振り返る。晃太郎と泰造も同時に視線を向けた。

（あっ……）

ガラスケースの向こうに立っていたのは、いつかの女性客だった。

黒い帽子を目深にかぶっているが間違いない。この日は長袖のブラウスに、紫紺のロングスカートを穿いている。帽子のつばで目は見えないが、全身にまとっている重苦しい空気は隠しようがなかった。

泰造も気づいたらしく、眉間に縦皺を寄せて見つめていた。

あの女性客のことは、強く印象に残っている。前回、泰造がやけに気にしていたこともあるが、彼女の雰囲気がどうにも引っかかっていた。弘美の態度もおかしかったし、とにかく普通の客とは違っていた。

「原田さん……」

弘美がぽつりとつぶやき、すぐさま接客に向かった。

「いらっしゃいませ」

普通に話しかけているが、どこかぎこちなく感じるのは気のせいだろうか。

彼女は客のことを「原田さん」と呼んだ。聞き覚えのない名前だった。泰造を見やると、むずかしい顔をして唇をへの字に結んでいた。

原田という女性客と弘美は、ガラスケース越しに言葉を交わしているが、声が小さくて聞こえない。いったい、なにを話しこんでいるのだろう。

泰造も団子を作りながら、弘美のことを気にしていた。とはいっても、仕事の手を抜くことはない。手もとを見つめているが、耳をそばだてていた。

（あの人、誰なんだ？）

晃太郎が知らないのはともかく、泰造も知らないというのが妙だった。

弘美は深刻そうな表情で話しこんでいる。団子や饅頭の説明をしているようには見えなかった。

2

弘美の表情は冴えなかった。

いつもの笑顔が陰り、まったく元気が感じられない。客が来れば普通に振る舞っているが、空元気なのは明らかだった。

あの原田という女性が関係しているのは間違いない。しばらく話しこんだ後、原田は団子を買って帰ったが、弘美の様子はすっかりおかしくなってしまった。

手が空けば、いつもなら店内の掃除をしたり、洗いものを手伝ったりと常に動いているのだが、今日の彼女はぼんやりしている。なにかを考えこんでいるのか、とにかく集中力を欠いていた。

（大丈夫かな？）

晃太郎は洗いものをしながら、弘美のことが気になって仕方なかった。

先ほどは客の注文を間違えたり、団子を落としたりと失敗を連発していた。彼女のことをずっと見てきたが、こんな状態は初めてだった。

泰造も心配しているのだろう。声をかけたりはしないが、弘美にちらちらと視線を送っていた。

「草団子あるかい？」

そのとき、野太い声が店内に響き渡った。

店に入ってきたのは、恰幅（かっぷく）のいい背広姿の中年客だ。ところが、弘美は考えごとでもしているのか、ボーッと突っ立っている。それが気に入らなかったらしく、男性客はいかにも不服そうな顔で椅子にどっかり腰かけた。

「おい、茶をくれ、喉がカラカラなんだ」

どうやら、ひとりで参拝に行った帰りらしい。歩き疲れたのか、すこぶる機嫌が悪かった。

「は、はい、少々お待ちください」

弘美は慌てた様子で応対すると、急いで厨房に入ってきた。

お茶の準備をはじめるが、失敗を取り戻そうと焦っているためか、どうにも手つきが危なっかしい。お茶っ葉を入れすぎたり、お湯をこぼしたりと、とにかく彼女らしくなかった。

それでも、なんとか緑茶を淹れると、お盆に載せて運んでいく。草団子も忘れずに準備したので、とりあえず大丈夫だろう。

晃太郎は洗いものが一段落したところだ。表の掃き掃除でもしようと思い、振り返った瞬間だった。

「熱っ！」

男性客の大きな声が聞こえた。

「す、すみませんっ」

つづいて弘美の謝罪する声が耳に届く。晃太郎は頭で考えるより先に、タオルを手にして厨房を飛びだした。

「おいっ、なにやってんだ！」

男性客が激昂(げっこう)している。弘美が湯飲みをテーブルに置くときに倒して、客の脚にお茶がかかったのだ。

「ぼんやりしてるからだぞ！」

男は今にも手をあげそうな勢いで怒鳴り散らしている。晃太郎は反射的に駆けだしていた。二人の間に入りこむと、弘美の前に立ち、彼女を背後にかばった。

「申し訳ございません」

謝罪するとともに、その場にひざまずき、タオルで客の脚を拭いていく。どうやら火傷はしていないようだが、スラックスはかなり濡れていた。

「おい、どうしてくれるんだ」

「本当にすみませんでした」

客の怒りは収まらない。晃太郎はひたすら頭をさげつづけた。弘美を守りたい一心だった。

弘美も腰を九十度に折り、涙目になって繰り返し謝っている。すると、店の前で寝ていたミケさまも、心配そうにミャアと鳴いた。

「ったく、もういいよ」

懸命な気持ちが伝わったのかもしれない。客の態度がしだいに軟化してきた。

「せっかくお参りしたんだ、兄ちゃんに免じて許してやる」

なんとか怒りを静めてくれたようだ。ずいぶん穏やかな口調になっており、ひざまずいていた晃太郎を立ちあがらせた。

「あの、クリーニング代を……」

「そんなのいいって、どうせ安物のスーツだし」

男性客はそういうつもりではないからと、頑なにクリーニング代を受け取ろうとしなかった。

「この度は、うちの娘が申し訳ございませんでした」

泰造もやってきて、いっしょになって頭をさげた。

強面の和菓子職人が謝罪したことで、一気に事態は収束に向かった。新しいお茶と団子を出して、さらに泰造が土産の饅頭を持たせたことで、最終的に客は満足して帰ってくれた。

なんとか事態は収まったが、弘美の落ちこみようはひどかった。

自分のミスを自覚しているため、今にも泣きだしそうな顔で、晃太郎と泰造に何度も謝ってきた。

「晃太郎くん、お父さん、ごめんなさい」

「俺はたいしたことしてないし……そんなに気にしなくてもいいですよ」

失敗は誰にでもあることだ。客も許してくれたことだし、これから気をつけていけばいい。そう思うのだが、弘美は涙目になって謝りつづけた。

泰造はと言えば、むっつり黙りこんで団子を作っている。弘美が謝っているのに、なにも言葉をかけようとしなかった。

(ちょっと、おかしくないか？)

なにか釈然としないものがある。

親子の態度が、どうにも嚙み合っていない。

弘美はなにを謝っているのか、そして泰造はなにを怒っているのか。違和感ばかりが、晃太郎の胸のうちで膨らんでいた。

3

ぎくしゃくした空気のまま、きたがわ屋は閉店時間を迎えた。

「晃太郎、後はまかせたぞ」

泰造はむずかしい顔でそう言うと、すぐにどこかへ出かけてしまった。

片付けもしないで、いったいどうしたというのだろう。今にも怒りだしそうな雰囲気があり、尋ねることはできなかった。

——うまい菓子を作りたいなら、まずは厨房を綺麗にすることだ。

それが泰造の口癖だ。そんな職人気質の頑固者が、掃除を人任せにして出かけるとは、やはりただ事ではない。

「親父さん、どうしたんでしょうね？」

晃太郎は厨房を隅々まで綺麗に磨きながら、意識的に明るい声を出した。

ところが弘美は曖昧に頷くだけだった。ほとんど口を開くことなく、店内の掃除に没頭していた。もう昼間のようにぼんやりすることはないが、淡々と手を動かしている。やはりいつもの彼女とは違っていた。

（今日は、どうなってるんだ？）

腹の底がずんと重い。楽しみで仕方のなかったきたがわ屋のアルバイトで、これほど暗い気分になったのは初めてだ。

ほぼ無言のまま掃除が終わり、後は帰るだけになってしまった。

こんな気持ちでアパートに帰るのか。思わず溜め息が漏れそうになったとき、弘美のほうから声をかけてきた。

「お茶でも飲まない？」

淋しげな瞳だった。軽い感じで話しかけてきたが、瞳の奥には懇願するような光が宿っていた。

「い、いいですね」

「じゃあ、座って待ってて。すぐに淹れるから」

緊張気味に答えると、客席に座るようにうながされる。これまでも閉店後にお茶を飲むことはあったが、泰造がいないのは初めてだ。二人きりだと思うと、どうしても硬くなってしまう。

（なんか意識しちゃうな）

晃太郎は頬の筋肉をこわばらせながら、四人掛けの席に腰をおろした。

昼間、客席に座ることはまずない。こうして閉店後にお茶を飲むときだけだ。シャッターこそおろしているが、客の目線を体感できる唯一の瞬間だった。

あらためて店内に視線を巡らせる。

年季の入った木の柱と梁が、落ち着いた雰囲気を作りだしている。壁に貼られているのは、筆で書かれたお品書きだ。木の温もりが和のテイストに合っていて、ほっとする空間となっていた。

客はお茶を飲みながら、ガラスケースのなかの饅頭や団子を見繕ったり、厨房のなかで菓子作りをする泰造を眺めたりする。元気に接客する弘美の姿も、きっと参拝に来て、ここでひと休みする客の心を和ませているのだろう。

「お待たせしました」

盆を手にした弘美が戻ってくる。身体に染みついているのか、接客しているときの口調になっていた。

「ごゆっくりどうぞ」

湯飲みをふたつ、テーブルの上に置くと、弘美はおどけた様子で頭をさげる。そして、にっこり微笑みかけてきた。

「どうも……ありがとうございます」

晃太郎も彼女に乗っかり、客のように振る舞ってみせる。すると、弘美は楽しげに笑ってくれた。

少し照れ臭いが、こんなやり取りが楽しかった。

弘美はテーブルの横に立ったまま、お盆を胸に抱いている。すでにエプロンを取り去り、クリーム色のシャツに濃紺のスカートという格好だ。スカートはふんわりしたデザインで、膝が隠れるくらいの丈だった。

アクセサリーの類はいっさい着けていない。化粧も薄くて自然体だ。そんな純朴な感じに惹きつけられる。手の届かない年上の女性だけれど親近感が湧くのも、彼女が飾らない性格だからだろう。

（やっぱり、綺麗だな……）

決して華やかではないが、うちから滲み出る可憐さがあった。

弘美は参道の人気者で、みんなから娘のように愛されている。だるま屋の源助じいさんなどは偏屈で有名らしいが、弘美の前ではデレデレしていた。仏壇屋の口うるさいおばさんも、弘美にだけは甘かった。彼女は福猫通りのみんなから、娘か孫のように思われていた。

弘美には人を癒す特別な力があるのかもしれない。本人は気づいていないが、彼女が参道のみんなを幸せにしているのは間違いなかった。

「え？」

そのとき、晃太郎は思わず小さな声を漏らした。なぜか弘美が隣の席に座ってきたのだ。この状況で並んで座るなど、まったく予想していなかった。

「あ、あの……」

チラリと視線を向ければ、弘美の横顔がすぐそこにある。てっきり向かい側に座ると思っていたので驚きを隠せない。ところが、彼女は晃太郎の視線も気にせず、澄ました顔で湯飲みを口に運んだ。

柔らかそうな唇が、湯飲みの縁に触れた。

喉が静かに上下する。白くて滑らかな頬に小さくて愛らしい耳、それに澄んだ湖を思わせる瞳……。

ついつい隅々まで見てしまう。日頃、ここまで接近する機会がないので、異常なほど緊張感が高まった。

(どうして、隣に？)

弘美は相変わらず澄ました様子でお茶を飲んでいた。

先ほどは笑ってくれたのに、またしても黙りこんでいる。大きな悩みでも抱えているのだろうか。お茶に誘ってくれたにもかかわらず、なにか思い詰めたような表情をしていた。

「お、親父さん、どこに行ったんでしょうね」

先に口を開いたのは晃太郎だった。沈黙に耐えきれず、とにかく思いついたことを言葉にした。

「香澄さんのところじゃないかな……たまに飲みに行くから」

弘美も把握していない。なにがあったのか、親子の意思疎通が上手くいっていないようだ。なにより、今日の弘美はいつもと雰囲気が違っていた。

「すぐそこじゃないですか。俺が様子を見てきますよ」

小料理屋すずなら、電話するより直接行ったほうが早かった。腰を浮かそうとするが、弘美は立ちあがる様子がない。晃太郎は奥の席に座っているので、彼女がよけてくれないと動けなかった。

「大丈夫よ。邪魔しないほうがいいわ」

「そう……ですね」

よくわからないが、ひとりで飲みたいときもある、ということだろうか。晃太郎はそれ以上なにも言えず、再び腰を落ち着けた。

「香澄さん、聞き上手だから」

弘美は湯飲みをそっと置くと、晃太郎にほうに顔を向ける。そして、まっすぐに見つめてきた。

（うっ……な、なんだ？）

　視線が重なり、身動きがとれなくなる。じっと目を覗きこまれただけで、体温が急上昇するのがわかった。

「わたしは――」

　弘美がすっと身を寄せてくる。肩と肩が軽く触れ合い、なおのこと緊張感が高まった。

「今は晃太郎くんがいてくれるだけでいい」

　いったい、どういうことなのだろう。彼女はまるで甘えるように、掠れた声でつぶやいた。

「え、えっと……ひ、弘美さん？」

　なにが起こっているのか理解できない。すると、弘美は晃太郎の首に両腕をまわして、いきなり抱きついてきた。

「わっ！　ちょ、ちょっと」

　思いもよらない展開に、慌てて大きな声を出してしまう。それでも、彼女は離れようとしない。晃太郎の首筋に顔を埋めて、じっと身を硬くしていた。

　なにかあったのは間違いない。だが、今の晃太郎には余裕がなかった。突然、秘かに想いを寄せていた女性に抱きつかれたのだ。とてもではないが、彼女を気遣える状態ではなかった。

「あ、あの……あの……」

「もう少しだけ、このままで」

弘美が囁き、首筋に吐息がかかる。黒髪からは甘いシャンプーの香りが漂い、鼻腔に流れこんできた。

（まずい……これはまずいぞ）

嫌でも牡の本能が刺激されてしまう。ここが普段働いているきたがわ屋の店内というのも、背徳感を掻きたてられた。

「くっ……」

弘美の行動に驚いている一方で、ボクサーブリーフのなかの逸物（いちもつ）がどんどん硬くなっていく。絶対に見つかるわけにはいかない。勃起していることがばれたら、きっと幻滅されてしまう。それだけは避けなければならなかった。

ところが、弘美はさらに強く抱きつき、晃太郎の耳たぶに唇が触れてきた。

「晃太郎くん……」

「ううっ」

吐息を耳の穴に吹きこまれて、ゾクゾクするような快感がひろがった。もう勃起を抑えるどころではない。ペニスは完全に芯を通し、ジーパンの生地を思いきり突っ張らせていた。

「ねえ……抱いて」

驚愕のひと言だった。

彼女の言葉が頭のなかで反響している。一瞬、刻が止まった気がした。信じられないことだが、確かに彼女は「抱いて」と言った。だが、押し倒すことはできない。経験の浅い晃太郎には、どうすればいいのかわからなかった。

（なんだ？　どうなってるんだ？）

頭が混乱して、顔が燃えるように熱くなっている。もう言葉を発することもできなかった。

困惑していると弘美が立ちあがり、そっと手を握ってきた。そして、こっちに来てとばかりに歩きはじめる。晃太郎は手を握られただけで、抵抗力をなくしている。わけがわからないまま、彼女の後についていった。

ガラスケースの横から厨房に入り、さらに奥にある引き戸を開けた。そこから先は弘美たち親子の自宅になっている。プライベートな場所なので、晃太郎は一度も入ったことがなかった。

「あ、あの……い、いいんですか？」

思わず問いかけるが、彼女は答えることなく靴を脱ぐ。晃太郎も慌ててスニーカーを脱ぎ、彼女の後につづいた。

「お邪魔します……」

遠慮がちに歩を進めると、そこは四畳半ほどの和室だった。

鰻屋麻生にあった休憩室に似ている。おそらく、以前はこの部屋で休んでいたのだろう。今は使われておらず、厨房の隅に置いてある椅子がみんなの休憩場所になっていた。

弘美は和室の一画にある階段をあがっていく。手を握ったままなので、晃太郎は彼女のすぐ後ろについて二階に向かった。

二階は弘美と泰造の自宅だ。彼女のプライベート空間に入れると思うと、嫌でも胸が高鳴った。しかも、目の前ではスカートに包まれた尻が揺れている。階段を一歩あがるたび、張りのある尻たぶが左右にプリプリ弾んでいた。

(す、すごいぞ)

つい凝視してしまうが、あっという間に二階に到着した。

「こっちよ」

卓袱台が置かれた居間らしき和室を素通りして、奥の襖を開ける。すると、そこは六畳ほどの和室だった。

「ここ、わたしの部屋なの」

弘美が小声でつぶやいた。

簞笥と本棚、それに文机があるだけの質素な部屋だ。ベッドはないので、毎晩、布団を敷いているのだろう。若い女性らしいものといえば、窓にかかっているピンクのカーテンくらいだった。

とはいえ、女性の部屋に入るのは初めてだ。しかも、弘美の部屋だと思うと、それだけでテンションは最高潮にあがっていた。

「晃太郎くん」

弘美が畳の上で横座りする。自然とスカートがずりあがり、太腿がなかほどまで覗いた。

誘うように見あげてくるが、瞳の奥は不安で揺れている。とにかく、彼女は縋りつくものを求めていた。なにがあったのかはわからないが、先ほど確かに「抱いて」とはっきり言った。

(俺が……俺が助けたい)

彼女は誰かに抱きしめてもらいたいと思っている。

漬物屋のぼんぼん息子でもなければ、他の誰かでもない。自分の手で、弘美を窮地から救ってあげたかった。

4

「弘美さんっ」

晃太郎は彼女を抱きしめると、そのまま畳の上に押し倒した。

勢いにまかせて、シャツのボタンを毟(むし)るように外していく。女性の服を脱がすのなど初めてだ。上手くいかずに時間がかかるが、弘美はただじっとしている。顔を微かに横に向けて、静かに睫毛を伏せていた。

(俺の手で、弘美さんを……)

彼女を裸に剝くと思うと、それだけで全身の血流が速くなる。

ふと、番台に座ったときのことを思い出す。あのときも異様なほど昂(たかぶ)ったが、こうして自ら服を脱がしていくのは、それを超える興奮があった。

シャツの前がはらりと開き、純白のブラジャーが見えてくる。蛍光灯の白みがかった光がすべてを照らしだす。カップの周囲を縁取っている愛らしいレースが、眩(まばゆ)いほど白い乳房に彩りを添えていた。

「き、綺麗だ」

思わずつぶやくと、弘美が恥ずかしげに身じろぎする。それがきっかけとなり、晃太郎は再び動きだした。

　女体を左右に傾けて、苦労してシャツを脱がしていく。さらにスカートのホックをやっとのことで外し、ズルズルと引きおろして足先から抜き取った。

　純白のパンティが張りついた股間が露わになる。ウエストの前の部分に小さなリボンがついているのが可愛らしい。ふっくら盛りあがった恥丘に、薄い布地がぴったり密着していた。

「おおっ……」

　思わず感嘆の声が溢れだす。目の前に横たわる弘美が身に着けているのは、ブラジャーとパンティだけだった。

「弘美さんの、こんな格好……」

　銭湯で盗み見たのとは、状況がまったく異なっている。手を伸ばせば触れられる距離で、堂々と拝むことができるのだ。夢のなかを漂っているような、ふわふわした気分だった。

　彼女は両腕を胸の前で交差させて、身体を少し横に向けている。腰は細く締まっており、尻はむちっと肉づきがいい。片脚を微かに曲げて、さりげなく股間を隠そうとしている仕草が、なおのこと牡の劣情を刺激した。

「そんなに……見ないで」

弘美が掠れた声でつぶやくから、余計に見たくなる。すぐさま彼女の背中に手をまわし、ブラジャーのホックを指先で探った。

(くっ……どうなってんだ)

緊張で指が震えて、なかなか外せない。それでも、彼女は静かに身をまかせている。ようやくホックが外れると女体を仰向けにして、乳房を覆っているカップをそっとめくった。

「うおっ!」

またしても唸ってしまう。番台から目を凝らして見ていたのとは、まるで迫力が違っている。これまで数え切れないほど回想してきた憧れの双乳が、すぐ目の前で柔らかく波打っていた。

(これが、弘美さんの……)

乳首も乳輪も透明感のある淡いピンクだ。視線を感じて恥じらっているのか、フルフルと小刻みに震えていた。

(なんて綺麗で……なんて、いやらしいんだ)

瞬きするのも忘れて凝視する。こうしている間にも、欲望は際限なく膨れあがっていく。ボクサーブリーフのなかでは、カウパー汁が次から次へと溢れていた。

「ああ……」

弘美は両腕を腹の前に置き、恥ずかしげに肩をすくめている。耳まで真っ赤に染めているが、それでも乳房を隠そうとはしなかった。

「もう……もう我慢できない！」

たまらず乳房に顔を埋めていく。両手で双乳を揉みあげながら、愛らしい乳首に吸いついた。

「あっ、ダメっ」

弘美は反射的につぶやくが、晃太郎を突き放したりはしない。それどころか、両手で頭をやさしく抱えこんできた。

「こ、こんなことが……うむううっ」

乳首を舐めまわしては吸いあげる。乳輪にも舌を這わせて、唾液をたっぷり塗りつけた。

「ああっ、いやンっ、ああっ」

彼女の鼻にかかった声が、なおのこと牡の本能を煽りたてる。両手で双乳を揉みあげれば、指先がどこまでも埋まっていく。マシュマロのように柔らかい乳肉を捏ねまわし、左右の乳首を交互にしゃぶりつづけた。

「あっ……あっ……」

奥手に見えるが、弘美は成熟した大人の女だ。晃太郎の愛撫により、乳首はすっかり充血して硬くなった。

(すごい、すごいぞ)

乳輪までぷっくり膨らみ、ピンク色が鮮やかになっている。すでにピンピンに尖(とが)り勃(た)ち、唾液でねっとり濡れ光っていた。なにより、彼女が反応しているという事実が嬉しかった。

(でも、本当にいいのか?)

ふと疑問が湧きあがる。どうして、急に「抱いて」と言いだしたのだろう。彼女の考えていることがわからない。それでも、興奮のほうが勝っており、もう中断することなどできなかった。

もっと見たい。こんなチャンスは二度とないかもしれないのだ。彼女のすべてを確認して、この目にしっかり焼きつけたかった。

晃太郎は彼女の下半身に移動すると、震える指をパンティのウエストにかけて、じりじりと引きおろしにかかった。

(焦るな、ゆっくり……ゆっくりだぞ)

一気に毟り取ったら、興奮のあまり暴発しそうだ。自分に言い聞かせながら、少しずつ薄布をずらしていく。

「いや……」

弘美が小さな声を漏らして、内腿を擦り合わせる。だが、本気で抵抗することはない。それどころか、焦らされているとでも思ったらしく、もどかしげに腰を揺すりはじめた。

「お願い、意地悪しないで」

「べ、別に、そういうわけじゃ……」

そう言っているうちに、パンティの下から陰毛が溢れだす。黒々として自然な感じで生い茂り、恥丘をふんわり覆っていた。

「うおっ！」

秘毛は見るからに柔らかそうだ。晃太郎の荒くなった鼻息を受けて、音もなく静かに揺れていた。

(アソコの毛だ……弘美さんの……)

理性がぐらぐら揺さぶられる。ひと息にパンティを引きおろして奪い去ると、彼女の脚を大きく割り開いた。

「あっ！　ま、待って」

「こ、これが……」

両膝を摑んで、M字開脚の体勢に押さえこむ。あからさまになった中心部では、鮮やかなサーモンピンクの割れ目が濡れ光っていた。

「濡れてる……どうして、こんなに……」

「ああっ、見ないで」

さすがに耐えられなくなったのか、弘美が両手で股間を隠す。だが、晃太郎は手首を摑んで引き剝がすと、剝きだしの淫裂にむしゃぶりついた。

「弘美さんっ！」

「ひあッ、ダ、ダメぇっ」

彼女の声が、ますます欲望を煽りたてる。夢中になって柔らかい媚肉に唇を押し当てると、本能のままに舌を伸ばして舐めまわした。

「うむうぅっ！」

「ああッ、晃太郎くんっ」

名前を呼ばれると、なおのこと愛撫に熱が入る。チーズに似た香りが頭の芯をジーンと痺れさせて、晃太郎から理性を剝ぎ取っていく。淫裂の上端にあるクリトリスに吸いつき、唾液をたっぷりまぶしていった。

「そ、そこは……はああッ」

彼女の身悶えが大きくなる。こらえきれない喘ぎ声が、狭い部屋に響き渡った。

「ここですか？　これが感じるんですか？」

華蜜をしつこく啜りあげて、蕩けそうな媚肉の感触を堪能する。晃太郎の興奮も限界に達し、ペニスは破裂寸前まで膨れあがった。

「俺も、もう……」

ジーパンが苦しくなり、ボクサーブリーフといっしょに引きおろす。これでもかと屹立した男根が、ブオンッと唸りながら飛びだした。

我ながら目を見張るほど勃起している。胴体部分は日本刀のように反り返り、亀頭の膨張具合も尋常ではない。先端は我慢汁にまみれて鈍い光を放ち、カリは鋭角的にエラを張っていた。

Ｔシャツも脱ぎ捨てて全裸になる。一刻も早く彼女とひとつになりたい。想いを寄せる人と繋がり、快楽を共有したかった。

「晃太郎くん……」

弘美が濡れた瞳を向けてくる。勃起したペニスを目にして不安になったのか、それとも期待に胸を膨らませているのか……。彼女の考えていることはわからないが、晃太郎の気持ちは決まっていた。

「ずっと……ずっとこうしたかったんです！」

叫びながら女体に覆いかぶさる。屹立した逸物を膣口に押し当てると、勢いにまかせて貫いた。

「あああァッ！」

女体がぐんっと仰け反り、彼女の唇から嬌声が迸(ほとばし)る。乳房が大きく波打ち、蜜壺が太幹を締めつけてきた。

「こんなに、奥まで……はンンっ」

「くっ……や、やった、入ったぞ」

腹の底から喜びがこみあげてくる。いきなり根元まで挿入したにもかかわらず、彼女はしっかり受けとめてくれた。

「晃太郎くん……」

弘美が潤んだ瞳で見あげて、囁くように名前を呼んでくれる。濡れそぼった媚肉がザワめき、硬いペニスに纏(まと)わりついていた。

「動いてもいいですか？」

尋ねておきながら、彼女の返事を待たずに抽送を開始する。ついに憧れの女性とひとつになったのだ。この状況でじっとしていられるはずがない。自然と腰が動き、みっしり詰まった媚肉のなかでペニスを抜き差しした。

「ああッ、そんな、いきなり……はああッ」

恨みがましくつぶやくが、いっさい抗(あらが)うことはない。むしろ感じているらしく、結合部からはすぐにクチュッ、ニチュッという湿った音が響きはじめた。

「あッ……あッ……激しい」

「すごく濡れてる、ううう っ」

ペニスを膣襞で締めあげられて、瞬く間に快楽の波が押し寄せてくる。晃太郎は奥歯を強く食い縛り、射精感を抑えこみながら腰を振った。

ようやく夢が叶ったのだ。ずっと弘美とこうしたいと思っていた。毎晩、眠る前に彼女のことを考えていた。射精した瞬間に夢の時間は終わってしまう。この幸せの刻を少しでも長引かせたかった。

「ま、まだまだ……」

思いきり腰を振りたいのを我慢して、額に汗を浮かべながらスローペースで抽送する。スピードをあげた途端に暴発するのは間違いない。一秒でも長く、彼女を感じていたかった。

「ああンっ、晃太郎くん」

弘美が焦れたような声を漏らして、腰を右に左にくねらせる。そうすることで、膣壁が波打ち、男根に甘い刺激がひろがった。

「あっ……ああっ」

「くううっ……う、動かないで」

尻の筋肉に力をこめて、快感をなんとかやり過ごす。睾丸のなかでザーメンが暴れており、気を緩めた瞬間に飛びだそうとしていた。

「もう少し、こうしていたいから……」

「でも……でも、わたし……」

弘美は息を乱しながら、瞳で訴えかけてくる。ゆっくりピストンすることで、彼女の性感は確実に逼迫(ひっぱく)していた。長持ちさせようとしただけなのに、女体は待ちきれないとばかりに愛蜜を垂れ流している。女壺がうねって膣襞がザワつき、男根を絞りあげてきた。

「ぬううッ、き、きつい」

思わず呻き声が溢れだす。反射的に両手で乳房を摑んで揉みあげた。指の股に乳首を挟みこんで刺激すれば、さらにピンピンに尖り勃った。

「あンっ、ダメ、はンンっ」

彼女の声が艶を帯びていく。乳房を捏ねまわし、敏感な乳首に快感を送りこむことで、首筋から胸もとにかけてが桜色に染まってきた。

「ま、また締まってきた」

女壺のうねりが強くなる。男根が締めつけられて、またしても射精感の波が押し寄せてきた。

「うぬぬッ」

暴発を抑えるため、いったんピストンを中断する。ペニスを挿入した状態で、額に汗を浮かべて全身を硬直させた。

「ああっ、いや……」

弘美が両手を伸ばし、晃太郎の腰にまわしてくる。濡れた瞳で見つめると、やめないでとばかりに股間をしゃくりあげてきた。

あまりにも艶めかしい姿は、目の前の女性が弘美とは別人ではないかと錯覚するほどだった。

「ううッ、ちょ、ちょっと……」

「お願い……あっ、ああンっ」

抽送をねだって、弘美が腰を動かしている。ペニスを咥えこんだ股間をねちねち揺らし、力強いピストンを求めていた。

「ひ、弘美さん……くおおおッ！」

もう晃太郎の我慢も限界だった。夢の時間を少しでも長引かせたいが、この快楽に耐えつづけることは不可能だ。もう射精したくてたまらなかった。

「俺、もう……いきますよ！」

彼女の顔の横に両手をつき、腕立て伏せをするときの体勢で腰を振りたてる。もう力の加減をすることなく、欲望のままに男根を叩きこんだ。

「ぬおおおッ！」

「あぁッ、つ、強いっ、はぁあッ」

弘美の唇から、あられもないよがり声が響きはじめる。彼女が感じてくれるから、ピストンはますますスピードを増していく。濡れ方も激しくなり、股間から聞こえる湿った音が大きくなっていた。

「おおおッ、気持ちいいっ、おおおおおッ」

「ああッ、あああッ」

憧れの女性が、自分のペニスで喘いでいる。清楚で可憐な参道のアイドルである弘美が、抽送に合わせて女の声をあげていた。

「ゆ、夢みたいだ……くおおおおッ！」

「はああッ、もうダメぇっ」

二人の声が重なり、最高潮に燃えあがる。もう昇り詰めることしか考えられず、しっかり抱き合いながら男根を叩きこんだ。

「で、出る、もう出るよっ」

「あああッ、来て、わたしも」

彼女の手が背中にまわされて、爪を強く立ててくる。その刺激が引き金となり、蜜壺に深く埋めこんだペニスが跳ねあがった。

「くおおおッ、出るっ、出る出るっ、ぬおおおおおおおッ！」

　ついに欲望が弾けて、彼女のなかでザーメンが噴きあがる。屹立した肉柱が意思を持った生物のように波打ち、先端の鈴割れから灼熱の粘液をビュクッ、ビュクッと勢いよく放出した。

「あああああッ、い、いいっ、もうダメっ、あぁあああああああッ！」

　熱い牡汁を注ぎこまれたのがきっかけで、弘美も一気に昇り詰める。股間を突きあげてペニスを根元まで呑みこみ、思いきり締めあげてきた。

「くううッ」

　精液が次から次へと溢れだす。気持ちよすぎて射精がとまらない。これほどの体験は、もちろん初めてのことだった。

「いいっ……あああッ、いいっ」

　あの淑やかな弘美が、女壷に男根を咥えこんだまま、腰をくねらせて喘いでいる。考えれば考えるほど、夢のような状況だった。

　かつてないほどの愉悦と多幸感が全身を包みこんでいた。

　絶頂の海を漂いながら、どちらからともなく唇を寄せていく。深く繋がった状態で見つめ合い、互いの吐息を嗅ぎながら熱い口づけを交わした。

「弘美さん……」

「はむンンっ」

弘美の唇は瑞々しいのに、蕩けそうなほど柔らかい。ペニスを女壺から引き抜くことなく、ディープキスに溺れていく。舌を絡ませて唾液を交換すると、ますます一体感が高まった。

（弘美さんとキスしてるんだ……）

オルガスムスを共有しながら、甘い唾液を貪っている。腰をねちねち動かせば、彼女はたまらなそうに抱きついてきた。

「あンっ、晃太郎くん」

こんなことが現実に起こるとは、いまだに信じられない。脳髄まで痺れるほどの至福の瞬間だった。

二人は狭い和室で、仰向けになって寝転がっていた。

いったい、どれくらいキスをしていたのだろう。飽きるまで彼女の舌を吸い、唾液をたっぷり啜り飲んだ。

（もう死んでもいい）

半ば本気でそう思った。

晃太郎は染みの浮いた天井をぼんやり見つめて、幸せな気分に浸っていた。

絶頂の余韻から醒めて、徐々に冷静さが戻ってくる。手の届かない存在だった弘美と、こうして裸で身を寄せ合っているのが不思議な気分だ。しかも、男根には甘い痺れが残っていた。

（まさか、弘美さんと……）

突然、夢が現実になった。

冷静になると、喜びよりも戸惑いのほうが大きい。とにかく、こういうことになった以上、男からはっきり告白するべきだろう。なにしろ、二人はセックスまでしたのだ。きっと受け入れてもらえるに違いなかった。

隣の弘美がそっと身を起こした。

こちらに背を向けて、服を身につけはじめる。先ほどまで乱れていたのに、そうやって恥じらう姿も好ましかった。

晃太郎も体を起こして、脱ぎ捨てた服を掻き集める。そして、大急ぎで身につけると、あらたまって正座した。

「弘美さん」

緊張の面持ちで呼びかける。弘美は状況を悟ったのか、硬い表情で正座をして背筋を伸ばした。

「俺、ずっと前から弘美さんのこと好きでした」

思いきって打ち明ける。恥ずかしさで顔が熱くなるが、それでも交際できると信じて疑わなかった。

「お付き合いしてください」

瞳をまっすぐ見つめて告白する。人生で初めての経験だ。急激に胸の鼓動が高鳴り、羞恥と不安がこみあげてきた。

「お願いします！」

もう顔を見ていることができず、お辞儀をして視線を逸らす。深く腰を折って顔を伏せた状態で、彼女の返事を待った。

「……ごめんなさい」

消え入りそうな声が聞こえてくる。予想外の言葉が、晃太郎の鼓膜を微かに振動させた。

（……え？）

恐るおそる顔をあげる。すると、弘美がつらそうな表情を浮かべていた。

「ごめんなさい」

彼女の唇から同じ言葉が紡（つむ）ぎ出される。残念ながら聞き間違いではなかった。

「ど、どうして……ですか？」

聞き返さずにはいられない。まさか断られるとは思わなかった。

「軽い気持ちじゃありません、俺は本気で――」

「わかってる」

晃太郎の必死の声は、弘美の静かなひと言に遮られた。

「本気で想ってくれてること、わかってた。だから……晃太郎くんとはお付き合いできないの」

まったく意味がわからない。つい先ほど、二人は裸で抱き合っていたのだ。それなのに、彼女はあまりにもつれない態度だった。

「どうして……」

このままでは引きさがれない。問い詰めようとしたそのとき、晃太郎は思わず言葉を飲みこんだ。

弘美は涙を流していた。

いったい、どういうことだろう。彼女は顔をそっとうつむかせて、声を押し殺しながら泣いていた。

第四章　ほっこり未亡人

1

翌日――。

晃太郎は大学にも行かず、アパートで不貞寝をしていた。

なにもする気が起きなかった。カーテンを閉め切った薄暗い部屋に籠もり、ただベッドの上でごろごろして過ごした。

弘美とのセックスは、夢のような体験だった。

憧れの人とひとつになって腰を振り、人生最良の時間を堪能した。膣の奥深くで射精したときは、感激のあまり胸が熱くなった。

だが、感動が大きかっただけに、その後、交際を断られたショックは心に重くのしかかっていた。

二人して快楽を貪り、蕩けるようなエクスタシーを分かち合った。さらには情熱的な口づけも交わしたのだ。それなのに、まさかフラれるとは思わなかった。天国から地獄とは、まさにこのことだった。

考えてみれば、自分などが弘美と付き合えるはずがない。なにしろ、彼女は福猫通りのみんなから愛されている女性だ。そんな人気者と、なんの変哲もない平凡な大学生では釣り合わなかった。

（バカだな、俺……）

寝返りを打って枕に顔を押しつけると、大きな溜め息をついた。

一瞬でも夢を見た自分が、あまりにも間抜けすぎる。冷静になれば、彼女と交際するなどあり得なかった。

そう思う一方で、胸の奥には疑問が残っていた。

弘美の考えていることがわからない。ただ、ここのところ明らかに様子がおかしかった。ぼんやりしていることが多く、集中力を欠いていた。

（昨日のは、なんだったんだ？）

謎は深まるばかりだ。彼女とひとつになれた喜びと同じくらい、疑問が大きく膨らんでいた。

（もうこんな時間か……）

枕もとの時計を見やり、またしても溜め息を漏らす。悶々としているうちに午後になり、バイトの時間が近づいていた。

昨日の今日なので、弘美に会うのは気が重かった。

いっそのこと無断欠勤しようかと思うが、ぎりぎりの人数でやっているので迷惑をかけてしまう。弘美と泰造の顔を脳裏に思い浮かべる。これまで楽しく働かせてもらったので、いい加減なことはしたくなかった。

ベッドの上でのっそり起きあがる。寝過ぎたせいか、体がやけに重く感じた。

冷たい水で顔を洗い、髪を濡らして寝癖を直す。鏡に映った自分の顔が、少しやつれて見えたのは気のせいではないだろう。両手で頬を叩いて気合いを入れると、ジーパンとTシャツに着替えて、アパートを後にした。


まだ少し時間があるので、神社に寄ってから行くことにする。

思えば、弘美と参拝して以来だ。あのときは、福猫通りを歩いているだけで、みんなが声をかけてきた。弘美を見かけると参道の人たちは笑顔になる。家族かと思うほど、人々の繋がりは強かった。

福来神社の鳥居が見えてきた。

ジーパンのポケットに手を突っこみ、小銭を探る。ダメもとで弘美とのことを祈願するつもりだ。

　今までは無理だと思って端から諦めていた。でも、肌を重ねたことで、万が一という気持ちも芽生えている。無理は承知だが、どうしても諦めきれなかった。一度だけとはいえ、エクスタシーを共有したのは事実だ。交際を断られたにもかかわらず、夢を捨てることができなくなっていた。

「ん？」

　そのとき、前方から歩いてくるカップルが目に入った。夕日に照らされた社殿をバックに、若い男と女が肩を並べていた。

（あれは……）

　見紛うはずがない。白いブラウスに焦げ茶のスカートというシックな装いは、弘美に間違いなかった。

　晃太郎はとっさに鳥居の陰に身を隠した。

　別にこそこそする必要はないが、まだ彼女と顔を合わせる心の準備ができていなかった。しかも、弘美の隣を歩いているのは、漬物屋の清隆ではないか。

（あいつ、まだ弘美さんのことを……）

　まずい場面に出くわしてしまった気がする。ぼんぼん息子は、まだ弘美を落とそうとしているのだろう。

もしかしたら、交際を断られたのは清隆が関係しているのではないか。

鳥居の陰からそっと確認すると、奴は軽薄な笑みを浮かべて、しきりになにか話しかけていた。離れているので会話の内容は聞こえない。だが、弘美はどことなく浮かない表情だった。

ふいに清隆が彼女の肩に手をまわして立ち止まる。弘美は驚いたように身をすくませて、男の顔をじっと見つめた。

(お、おい、まさか……)

嫌な予感がした直後、清隆が彼女を抱きしめて唇を奪った。

夕焼けですべてがオレンジ色に染まるなか、二人の唇が重なる瞬間がスローモーションのように見えた。

「くっ……」

心臓を鷲(わし)掴みにされたように、急激に胸が苦しくなる。呼吸ができなくなり、鳥居にもたれかかって体を支えた。

(なんだ、これは……)

もうこれ以上、見ていられない。晃太郎は拳(こぶし)を握りしめて、抱擁(ほうよう)する二人から視線を逸らした。

もしかしたら、二人はすでに付き合っているのではないか。きっと、そうに決まっている。現に目の前で、こうして口づけを交わしているのだから……。

下唇を強く噛みしめて、その場を後にする。鳥居から離れて参道に戻るが、胸は苦しくなる一方だ。悔しさがどんどん膨らんでいく。自然と歩調が速くなり、気づいたときには走りだしていた。

「そんなに走ったら危ないよ」

薬局の前でタエさんが声をかけてくる。だが、晃太郎に答える余裕はない。今、口を開いたら涙がこぼれてしまいそうで、無言のまま走り去った。

「おう、晃太郎」

だるま屋の前では、源助じいさんが不思議そうな顔を向けてくる。やはり、晃太郎はなにも言わず、夕日に染まった参道を駆け抜けた。

きたがわ屋の前も通り過ぎる。もうバイトどころではない。あんな場面を見てしまったら、弘美と同じ場所にはいられなかった。

アパートに戻ると、外階段をカンカン鳴らしながら一気に駆けあがる。部屋に入るなり、ベッドに倒れこんで枕に顔を埋めた。

「うわあああぁッ！」

声の限り大声で叫んだ。この苛立ちをどこにぶつければいいのだろう。むしゃくしゃして、胸を掻きむしりたい気分だった。

(俺とは遊びだったんだ)

本気で告白した自分が間抜けすぎる。ただの遊び相手に交際を申しこまれて、弘美はさぞ困惑したことだろう。

(ひとりで盛りあがって、俺は大バカ野郎だ)

気づくと涙が溢れていた。

昨夜、セックスの後、彼女と付き合えると本気で思った。夢が叶ったのだと、はしゃいでいた。だが、弘美にそんな気はさらさらなかった。晃太郎が本気だから付き合えないと言っていたのは、こういうことだったのだ。彼女としては、軽い気持ちで身体を重ねただけだったのだろう。

(それなのに、俺は……)

すべては勘違いだった。

そうだとわかっても、弘美のことを嫌いになれない。今でも、彼女の笑顔が頭のなかでぐるぐるまわっていた。

玄関のドアを乱暴にノックする音で目が覚めた。

ベッドに倒れこんで、そのまま眠ってしまったらしい。あたりはすっかり暗くなっているが、電気をつける気力もなかった。

ノックの音はつづいている。

荷物でも届いたのか、あるいは新聞の勧誘か。大学の友人が訪ねてくることなど滅多にない。いずれにせよ、たいした用事ではないだろう。晃太郎は頭から毛布を被ると、狸寝入りを決めこんだ。

とにかく、ひとりになりたい。今は誰とも話したくなかった。

それなのに、訪問者はなかなか帰ろうとしない。ノックの音が、コンコンからガンガンという乱暴なものに変わっていた。明かりもついていないのに、晃太郎が部屋にいると確信しているようだ。執拗にノックを繰り返し、どうやら鍵はかかっていなかったらしく、ついにはドアノブをまわしてガチャッと開ける音が聞こえた。

「おーい、晃太郎っ」

女性の声が聞こえてくる。煎餅屋の朱音だ。いつも元気な彼女だが、今夜の声には怒気が含まれていた。

「いないの？　入るからね」

勝手に部屋にあがりこんでくる気配がする。足音が近づいてきたと思ったら、いきなり毛布を剝ぎ取られた。

「わっ……な、なに？」

突然のことで、わけがわからない。電気がつけられて、部屋のなかは明るく照らされていた。

「ちょっと、なにやってるの？」

ベッドの横で仁王立ちした朱音が、険しい顔で見おろしてくる。デニム地のスカートに赤いTシャツという軽装だ。腕組みをしてポニーテイルを背中で揺らし、苛立ちを隠そうとしなかった。

「ど、どういうこと？」

晃太郎はベッドに横たわったまま、彼女の剣幕にたじろいでいた。

肌を重ねたとはいえ、一度きりの関係だ。その後は、互いに何事もなかったように振る舞っている。それなのに、初めて部屋を訪ねてきたと思ったら、勝手にあがりこんでくるのだから尋常ではなかった。

「どうして、ここがわかったんですか？」

「弘美ちゃんに聞いたの」

ぶっきらぼうに答えると、朱音の目つきはますます鋭くなった。

「様子を見てきてって頼まれたんじゃないのよ。わたしが無理やり聞きだしたんだからね」

口を開くほどに、彼女の怒りは増している。わけがわからないが、弘美が関係しているらしい。晃太郎はなにも言わず、ベッドの上で身を起こした。

「なんでバイトに来なかったの？」

「それは……」

枕もとの時計を見やると、もうすぐ夜七時になろうとしてる。きたがわ屋はとっくに店を閉めて、後片付けも終わっている時間だった。

「晃太郎がさぼったから、大忙しだったのよ」

きたがわ屋に顔を出したら、人手が足りずに大変そうだったので、見かねて手伝いをしたという。とはいえ、煎餅屋を夫ひとりにまかせるわけにはいかず、行ったり来たりで大変だったらしい。

「弘美ちゃんも泰造さんも、最後はぐったりしてたわ」

「……ちょっと、いろいろあって」

福来神社で見かけた光景が脳裏を過(よ)ぎる。胸に苦いものがこみあげて、思わず顔を顰(しか)めていた。

アルバイトを無断欠勤したことで、弘美と泰造だけではなく、朱音にまで迷惑をかけてしまった。きっと、お客さんを待たせることにもなっただろう。自分の身勝手な行動が、多くの人に影響を与えていた。

「ほんと、ごめんなさい」

ベッドの上で体育座りをしてうなだれる。そのとき、腹がグウッと鳴った。この状況で、あまりにも緊張感のない音だ。考えてみれば、昨日の夜からなにも食べていなかった。

「どういうつもり？　こっちは真剣に話してるのに」

朱音にキッとにらまれて、晃太郎は体育座りのまま背中を丸めた。

「す、すみません」

謝罪している間にも、また腹がグウッと鳴ってしまう。捨てられた子犬の鳴き声を思わせる悲しげな音だった。

「ご飯、食べてないの？」

「ええ……まあ……」

曖昧に答えると、朱音は呆れ顔で溜め息を漏らした。

「しょうがないな。出かけるよ」

ふっと苦笑を漏らして、ついて来いとばかりに背中を向ける。うながすように振り返った瞳は、先ほどとは打って変わってやさしげだった。

2

強引に連れだされて向かった先は、『小料理屋すず』だった。

「いらっしゃいませ」

鈴江香澄がカウンターのなかから声をかけてくる。今夜は落ち着いた青磁色の紗の着物の上に、割烹着をつけていた。

「あら、朱音ちゃん、若い男の子とデートなんて羨ましいわ」

きっちり結いあげた黒髪にそっと手をやり、穏やかな微笑を浮かべる。そんなちょっとした仕草に、熟れた女の魅力が感じられた。

「なに言ってるんですか、家で旦那がお腹空かせて待ってます」

朱音は大袈裟に頬を膨らませて見せる。そして、晃太郎をうながし、カウンターの奥の席に座らせた。

「わたしは帰るから」

「は？　ちょっと……」

半ば無理やり連れてきたのに、帰るとはどういうことだろう。呼び止めようとするが、朱音はもう晃太郎の声を聞いていなかった。

「香澄さん、晃太郎の話し相手になってあげて」

「それはいいけど、もう帰るの？　慌ただしいのね」

香澄がおっとり返すと、朱音は顔の前で両手を合わせた。

「お願い、お勘定はわたしにつけといて。お腹空かせてるみたいだから、なんか食べさせてあげてね」

「はい、わかりましたよ」

二人の間で勝手に話が進んでいく。晃太郎はわけがわからないまま、朱音と香澄のやり取りを眺めていた。

「あの、どういうことですか？」

「香澄さんが、いろいろ相談に乗ってくれるから。わたしは夕飯の準備があるの、じゃあね」

最後に朱音はそう言うと、一度も座ることなく店から出ていった。

どうやら、夫とは上手くいっているらしい。それは結構なことだが、ひとり残された晃太郎は戸惑っていた。

(朱音さん、なに考えてるんだよ)

今すぐ帰りたいが、それも失礼な気がする。とはいえ、この店は二十歳の大学生がひとりで飲み食いするような場所ではなかった。

「楽にしてね。はい、どうぞ」

香澄がやさしく語りかけて、おしぼりを差しだしてくれる。晃太郎は恐縮しながら、受け取ったおしぼりで手を拭いた。

「ど、どうも……」

ますます緊張感が高まっていく。

せめて他に客が居ればいいのだが、二人きりだと思うと落ち着かない。ただでさえ弘美のことで頭がいっぱいなのに、香澄のような大人の女性となにを話せばいいのかわからなかった。

「お腹が空いてるのよね。少しだけ待ってるかしら、楽にしててね」

彼女の口調はあくまでも穏やかだ。無理に話す必要はないのよ、と言われた気がして少しだけ楽になった。

だからといって、バイトを無断で休んだ事実が消えるわけではない。考えれば考えるほど、胸に重くのしかかってきた。

(俺、なにやってんだ……)

今さら、きたがわ屋に顔を出す勇気はない。このまま蒸発するように消えていくしかないのだろうか。

「なに暗い顔してるの」

香澄の声で、意識が現実に引き戻された。

「とにかく、食べてみて。お腹が空いてると、悪いことばかり考えてしまうのよ」

それは一理あるかもしれない。でも、弘美のことを思うと胸が切なくなり、食欲など湧かなかった。

そんな晃太郎の気持ちを察しているかのように、香澄はなにも尋ねることなく、静かに料理を並べてくれる。味噌汁とご飯、鮭の塩焼きや肉じゃがなど、温かみのある家庭料理ばかりだった。

「お口に合うかしら」

「すごく、いい匂いです」

やさしい香りが鼻腔に流れこんでくる。ふいに食欲が刺激されて、味噌汁のお椀を口に運んだ。

「こ、これは……」

素朴な味がきっかけとなり、急に箸がとまらなくなった。

ほくほくの肉じゃがも絶妙の味付けだ。普段の夕飯はコンビニ弁当が多いので、家庭の味に飢えていた。空腹だったこともあり、なおさら美味しく感じられる。鮭の塩加減も完璧で、思わずご飯をおかわりしてしまった。

「ふふっ、ゆっくり食べてね」

香澄がやさしい眼差しを向けてくる。晃太郎は感想を言うのも忘れて、目の前の料理を一気に平らげた。

「ふぅ……」

朝から食欲がなかったのが嘘のようだ。あっという間にお腹が膨れて、ささくれ立っていた気持ちが少し落ち着いた。

「ごちそうさまでした。すごくうまかったです」

照れ臭くなって苦笑いを漏らす。弘美のことで悩み、落ちこんでいたのに、普通に食事を摂れたことが意外だった。

「あの……ありがとうございます」

「どうしたの？　あらたまって」

香澄はカウンター越しに空いた皿をさげながら、柔らかい笑みを向けてくる。ほっこりとした包容力を感じさせる表情だった。

「なにか悩みがあるのよね？」

「い、いえ、別に……」

とっさに誤魔化そうとするが、声が震えてしまう。すると、彼女はすべてお見通しとばかりに見つめてきた。

「わたしでよかったら、お話を聞かせてくれる？」

「俺は、本当に……」

「弘美ちゃんのことで悩んでるんでしょ」

いきなり核心を突かれてドキリとする。思わず見つめ返すと、彼女は悪戯っぽく着物の肩をすくめた。

「この界隈のことは、みんな知ってるの」

「そ、そうなんですか？」

「お客さんは参道の人が多いから、噂話が自然と耳に入ってくるのよ」

みんなが面白半分に噂話をしていくのだろう。でも、晃太郎は秘めたる恋心を、誰にも打ち明けたことはなかった。

「晃太郎くんはわかりやすいもの」

「え？」

「ほら、そうやってすぐ顔に出るんだから」

香澄はさもおかしそうに、くすっと笑う。酸いも甘いも知っている大人の女性なのに、まるで少女のように華やいだ表情になった。

「お、俺は、別に……」

誤魔化そうとするが、しどろもどろになってしまう。結局、黙りこむと、香澄はやさしい眼差しを向けてきた。

「照れなくてもいいじゃない。ほんとに正直なのね」

どうやら、完全に見透かされているらしい。そこまでわかっているなら、今さら格好つけても仕方がなかった。

「弘美さんは、漬物屋の息子と……」

口にすることで、心の奥底から悔しさがこみあげてくる。福来神社で見かけた光景が、脳裏にまざまざとよみがえった。

眩いばかりの夕日を浴びて、二人はきつく抱擁していた。唇が重なる瞬間を、この目で確かに目撃したのだ。あの衝撃がまたしても胸にひろがり、膝が小刻みに震えだした。

「まさか、あの人と付き合ってるなんて……」

「それは違うんじゃないかしら」

晃太郎の絞りだすような声を、香澄は即座に否定した。小料理屋の穏やかな女将らしからぬ、やけにきっぱりした口調だった。

「でも、俺はこの目で……」

「あの子には、誰とも付き合えない特別な事情があるの」

「誰とも付き合えない？」

思わず首をかしげた。それが本当だとしたら、ただ事ではない。いったい、どんな事情があるというのだろう。

「まあ、弘美ちゃんがそう思いこんでいるだけなんだけどね」

場の空気を和ませようとしたのか、香澄はいつもの柔らかい笑みを浮かべた。

まったく話が見えてこない。はぐらかされているようで、胸の奥がもやもやするばかりだった。

「それで、あの……」

「すぐにお茶を淹れるわね」

香澄は食器を片付けると、やかんを火にかけた。ほうじ茶を淹れてくれるが、今は弘美の話を聞きたかった。

「熱いから気をつけてね」

「誰とも付き合えないって、どういうことですか？」

カウンターに置かれた湯飲みを無視して、晃太郎は前のめりに質問した。

「いろいろあったの。たくさん悲しい思いをしたのね」

おっとりした口調で答えると、香澄は割烹着を外して、結いあげた髪にそっと手をやった。そして、再び静かに語りはじめた。

「男の人を好きになっても、フラれるのが怖いのよ」

「怖いって……フラれたのは俺のほうですよ」

つい言わなくていいことまで口にしてしまった。

告白して断られたのは昨夜のことだ。さらに今日の夕方、清隆とキスしているところを目撃した。二日つづけてフラれたような気分だった。

「あら、フラれちゃったの？」

当然ではあるが、すでに晃太郎が告白しているとは知らなかったらしい。目を丸くして、まじまじと見つめてきた。

「俺なんて、どうせ……」

自虐的な気分になってくる。そもそも、弘美と自分では釣り合わない。最初からわかっていたのに、一瞬でも夢を見たのが馬鹿だった。

「でも、晃太郎くんは、弘美ちゃんが好きなタイプよ。真面目だし、働き者だし、それでいてシャイで……わたしが保証するわ」

「いいですよ、慰めてくれなくても」

肩を落として黙りこむと、香澄がカウンターから出てきて隣に腰かけた。

「そんなに拗ねないの。福猫通りのみんなも晃太郎くんのこと、大好きなのよ」

そう言って慰めてくれるが、晃太郎の気持ちは重く沈んだままだった。

「弘美ちゃんは幸せね。こんなに想ってくれる人がいて」

香澄がひとり言のようにつぶやいた。

隣を見やると、彼女は遠い瞳を宙に漂わせている。うなじに垂れかかる後れ毛にドキリとして、晃太郎は慌てて視線を戻した。

（あ、そういえば……）

ふいに彼女が未亡人だったことを思い出す。

三年前に夫を亡くしてから、香澄はひとりでこの店を守ってきた。苦労は多いだろうが、三十六歳にしてこの美貌だ。言い寄ってくる男も多いと聞いている。それでも独り身を守っているのは、亡き夫への想いが強いということだろう。

「なんか、すみません……」

急に申し訳ない気持ちになってくる。彼女を前にすると、自分の悩みなどちっぽけに思えてくるから不思議だった。

「どうして謝るの？」

「俺、自分のことばっかりで、ぐちぐち言ったりして」

「悩むのはいいことよ。それだけ真剣に考えてるってことだもの」

人生経験を積んでいるからだろうか。彼女の言葉には、心に響く重みとやさしさが同居していた。

「香澄さんは、こう見えてもか弱いのよ」

「あら、こう見えても強いですね」

おどけた調子で言うと、香澄はふと淋しげに微笑んだ。

「女がひとりで生きていくのは、やっぱり大変だもの」

香澄は東北地方の出身で、若い頃に職を求めて上京したという。

小さな商社の事務職に就いたが、都会には馴染めなかった。職場とアパートを往復する日々で、休日はいつもひとりで過ごしていた。

そんなある日、ふと福来神社に行こうと思い立った。そのとき、帰りに立ち寄ったのが、この小料理屋だという。無口な大将、大介が作る料理は絶品で、すっかり魅了された。下町の居心地のよさもあって常連になった。

連日のように通ううち、大介と恋に落ちて結婚した。会社を辞めて店を手伝いながら、将来の夢を語り合った。子供をたくさん作って幸せな家庭を築こうねと話していた矢先、大介は病気で呆気なく他界してしまった。

夫を亡くした後、なにも手につかないほど落ちこんだ。それでも、参道のみんなに助けられて、店の経営は軌道に乗ったと聞いていた。

「ひとりになったけど、ひとりじゃないの。ここの人たちは家族みたいなものだから。他の場所だったら、とてもじゃないけど生きていけなかったわ」

しみじみと語られる言葉から、彼女の波瀾万丈の人生が垣間見えた。福猫通りの人情に支えられて、夫を亡くした悲しみから立ち直ったのだろう。

「でもね……」

香澄は言葉を切ると、晃太郎の横顔を見つめてくる。視線が重なると、彼女は眩しげに目を細めた。

「ひと肌が恋しい夜もあるの」

なにやら意味深な言葉だった。

彼女の瞳の奥には、ねっとりした光が揺れている。胸の鼓動が速くなり、晃太郎はなにも言えなくなってしまう。香澄はなにかを語りかけるように、視線を逸らそうとしなかった。

「そ……そうなんですか？」

やっとのことで言葉を絞りだす。すると、彼女は小首をかしげて、うなじの後れ毛を指先でそっと直した。

「だって、女ですもの」

香澄はすっと立ちあがり、店の入口に向かって楚々とした足取りで歩いていく。暖簾をさげると、引き戸に鍵をかけて戻ってきた。

「もう、閉めるんですか？」

「今夜は晃太郎くんのこと、慰めてあげたいの」

再び隣の席に腰かけて、晃太郎の手をすっと握ってくる。

手のひらの柔らかい感触が心地いい。両手でしっかり包みこまれると、彼女の体温がじんわり伝わってきた。

3

「か、香澄さん？」

晃太郎は完全に気圧(けお)されて、全身をこわばらせていた。

緊張のあまり、握られた手に汗が滲んでいる。なぜか香澄は店を閉めて、晃太郎のことを慰めてくれるという。いったい、なにをするつもりなのだろう。つい淫らなことを想像してしまう。

「ドキドキしてるの？　わたしも同じよ」

香澄は囁くようにつぶやき、晃太郎の手を自分の胸もとに引き寄せる。そして、着物の上から、乳房の膨らみにそっと押し当てた。

「ほら、わかるでしょう？」

「ちょっ……」

実際のところ、心臓の鼓動はわからない。それより、布地越しとはいえ、乳房に触れていることが問題だ。全身が一気に熱くなり、股間に血液が流れこんでいくのがわかった。

入口を見やると、引き戸の内側に暖簾がかかっていた。先ほど鍵をかけたし、外から覗かれる心配もない。香澄は最初から、こういうことをするつもりで店を閉めたのだろう。

「勘違いしないでね。いつもこんなことしてるわけじゃないのよ」

彼女の声は掠れている。緊張しているのか、晃太郎の手の甲に重ねられた手のひらが、うっすら汗ばんでいた。

「晃太郎くんが、あんまり可愛いから、なんとかしてあげたくて」

「で、でも……」

「それに、わたしも……ずっとひとりだったから」

香澄の頬がほんのり染まっていく。

三年前に夫を亡くしてから、彼女は独り身を通してきた。もしかしたら、欲求不満を抱えているのではないか。愛する人と過ごした思い出があるからこそ、肉の疼きは耐え難いほど大きくなるのだろう。

「ねえ、いいでしょう?」

彼女は着物の衿もとを摑むと、自分でググッと開いていく。わざと緩めに着付けてあったのか、白い谷間があっさり覗いた。

(こ、これは……)

晃太郎の視線が釘付けになった。

小料理屋の女将が、自ら乳房の谷間を晒している。いつも着物なのでわからなかったが、双乳はかなりの大きさらしい。着物の下で窮屈そうにひしゃげている。染みひとつない柔肌が、照明の光を受けて輝いていた。

「わたしみたいなおばさんは、いや？」

香澄が不安そうに尋ねてくる。もちろん、そんなはずはない。晃太郎は即座に首を左右に振りたくった。

「す、すごく、魅力的です」

嘘偽りのない心からの言葉だ。彼女ほどの美熟女なら、その気になれば男などいくらでも見つかるだろう。

「どうして、俺なんか……」

「いつも一所懸命だから、応援してあげたくなるの」

香澄の手が、ジーパンの太腿に触れてくる。やさしく撫でまわしながら、徐々に股間へと近づいてきた。

「そ、そんなことされたら……」

乳房の谷間を目にしたことで、すでに半勃ちになっていたペニスが、いよいよ本格的に膨らみはじめる。ボクサーブリーフのなかで屹立して、早くも先端から透明な汁を溢れさせた。

「ここ、苦しくない？」

テントを張った股間を、スリッ、スリッと撫でられる。たったそれだけで、腰が震えるほどの快感が走り抜けた。

「ううっ、ま、待って」

戸惑う晃太郎の声を無視して、香澄はジーパンの股間をいじりつづける。手のひらで執拗に捏ねまわしてきたかと思うと、不意を突くように浮きあがった肉竿(にくざお)をキュッと握ってきた。

「うわっ！　ああっ……」

「いやらしい声が出てるわよ」

美熟の未亡人はさも楽しそうに囁き、指先をリズミカルにスライドさせる。ぶ厚い生地の上からとはいえ、かなり刺激は強かった。

「ちょ、ちょっと、くううっ」

我慢汁がどんどん溢れて、ボクサーブリーフの内側を濡らしている。ジーパン越しのもどかしい愛撫が、まるで焦らされているような感覚をもたらせていた。

「くっ……ううっ」

「気持ちいいの？」

着物姿の女将が、穏やかな声で尋ねてくるのもたまらない。片方の手でジーパンの膨らみを擦り、もう片方の手を乱れた衿もとにそっと添えていた。

「すごく硬くなってるわ」

「そんなに擦られたら……」

「直接、触ってあげましょうか？」

丁寧な言葉遣いで尋ねてくると、香澄はボタンを外して、あっさりファスナーをおろしてしまう。当然のようにボクサーブリーフもずりおろし、硬直した肉棒を剝きだしにした。

「ああっ、大きくて逞しいわ」

溜め息にも似た声を漏らし、太幹に指を巻きつけてくる。そして、さっそくスローペースでしごきはじめた。

「そんな、いきなり……ううっ」

小料理屋の明るい店内で、ペニスを剝きだしにされていじられている。入口には鍵がかかっているとわかっていても、どうにも落ち着かない。困惑しながらも快感を覚えて、新たな我慢汁が先端から溢れだした。

「こんなに濡らして……はあっ、この匂い、久しぶりだわ」

香澄はうっとりした様子で、牡の匂いを嗅いでいる。たまらなくなってきたのか、着物の衿もとを片手でぐっと開いた。

（おっ！）

大きな乳房がこぼれそうになり、思わず目を見張る。乳首こそ見えないが、柔肉がムニュッと溢れてきた。

「触っても、いいのよ」

男根をゆったりしごきながら、誘うように囁きかけてくる。この状況で、遠慮することなど考えられない。晃太郎は震える手を伸ばして、衿の間から覗いている柔肉にそっと触れた。

「こ、これが、香澄さんの……」

滑らかな感触が心地いい。手のひらで撫でまわし、指先を軽く沈みこませる。適度な弾力と柔らかさが同居していた。

「もっと見たい？」

彼女の言葉に背中を押されて、両手で着物の衿を摑んで左右に開いていく。思ったよりも力がいるが、欲望にまかせて大きく割り開いた。

「あンっ」

香澄の甘い声とともに、たっぷりとした乳房がまろび出る。まるでゴム毬のような双つの膨らみが、落ち着いた青磁色の生地の間で波打っていた。

静脈が透けるほど白い肌が、釣鐘形の双乳を形作っている。魅惑的な曲線の頂点では、紅色の乳首が鎮座していた。すでに硬く尖り勃ち、誰かに触れてほしくて震えている。刺激を欲して、乳輪までぷっくり盛りあがっていた。

「乳首、硬くなってます……」

晃太郎は両手で乳房を揉みしだき、指先で乳首を摘みあげる。生ゴムのような感触の乳先をクニクニと転がせば、女体が痙攣しながらくねりはじめた。

「ああンっ、そこ……はああンっ」

久しぶりの刺激に身体が悦んでいるのだろう。香澄は甘ったるい声を漏らして、ペニスに巻きつけた指をスライドさせた。

「は、速すぎ……おおおッ」

瞬く間に快感が大きくなる。こんなに強く刺激されたら、すぐに達してしまう。許されるなら、彼女のなかに入りたかった。

弘美のことを忘れたわけではない。むしろ、こうして他の女性と戯れることで、彼女への想いは強くなっている。とはいえ、叶わない恋より、目の前の快楽に流されてしまう。牡の本能が一時の愉悦を求めていた。

「どんどん硬くなってるわ」

カウパー汁を肉棒全体にまぶして、再びニュルニュルとしごかれる。滑りがよくなることで、先ほどとは比べ物にならない快感が膨らんだ。

「くううッ、つ、強いですっ」

たまらず訴えると、彼女の指がペニスからすっと離れた。

香澄は椅子から立ちあがり、カウンターに両手をついて尻を後ろに突きだすポーズを取った。少し前屈みになった状態で背筋を軽く反らし、こちらを振り向いて流し目を送ってきた。

「わたし、もう我慢できないの」

どうやら、彼女も欲情しているらしい。男根に触れたことで、秘めていた欲望が膨れあがったのだろう。若くして未亡人になったのだから、身体が疼くのは仕方のないことだった。

「晃太郎くん、後ろから……」

掠れた声で懇願されて、晃太郎は思わず生唾を飲みこんだ。

「う、後ろから……ですか？」

大胆な要求に一瞬たじろぐが、もう欲望を抑えられない。立ちあがって彼女の背後にまわりこむ。着物の裾を摑むと、強引にめくりあげた。

「うおっ！」

いきなり白桃のようなヒップが露わになった。

たっぷり脂が乗った双臀は、丸みを帯びてじつに魅力的だ。太腿もむっちりしており、ふくらはぎから足首にかけてはほっそりしている。白い足袋と草履(ぞうり)も、女体を引き立てるのにひと役買っていた。

「ねえ、早くぅ」

香澄が剝きだしの尻を左右に揺らして、甘えた声でおねだりしている。晃太郎はジーパンとボクサーブリーフを膝までおろし、熟れた双臀を抱えこんだ。

「で、では……」

両手でむちむちの臀裂を割り開くと、ざくろのような淫裂が露わになった。ぱっくりと口を開いて、透明な涎(よだれ)を滴らせている。逞しい男根で貫かれるのを、今か今かと待っていた。

「お願いよ、早くちょうだい」

切羽詰まった声で懇願されたら、晃太郎も我慢できなくなる。いきり勃ったペニスの先端を膣口にあてがい、ググッと腰を押しこんだ。

「あううッ、お、大きい！」

彼女の背中が反り返り、唇から低い声が溢れだす。そのまま亀頭をねじこむと、濡れた膣襞がいっせいに絡みついてきた。

「ああッ、もっとよ、あああッ」

「くううッ、気持ち……おおおッ」

蠢く蜜壺が、猛烈に締めつけてくる。晃太郎は呻き声を漏らしながら、媚肉を掻きわけて根元まで挿入した。

「はンンっ、大きいわ……」

香澄は頭を反らして、カウンターに爪を立てている。尻は後ろに突きだした格好で、全身を小刻みに震わせていた。

「こ、これ……これが欲しかったの」

譫言のようにつぶやき、男根をギリギリ締めつけてくる。

未亡人になって熟れた身体を持て余していたのだろう。女壺の強烈な締まりが、すべてを物語っている。まだ挿れただけなのに、隠しきれない悦びが全身から滲み出ていた。ペニスが欲しくて欲しくてたまらなかったのに、亡夫に操を立てて耐え忍んできたに違いなかった。

「か、香澄さん……」

腰を押しつけて、彼女の尻肉に密着させる。こうすることで一体感が高まり、快感がより深くなる気がした。

「ああっ、すごくいっぱい入ってる」

「香澄さんとひとつに……うむむっ」

「動いて……お願い」

彼女が濡れた瞳で振り返る。晃太郎は額に汗を浮かべて頷くと、着物の上から腰を摑み、スローペースでペニスを抜き差しした。

「あっ……あっ……」

女壺が反応してザワついている。膣襞が肉棒に絡みつき、膣奥から新たな華蜜が分泌された。

「はンンっ、いいわ」

「ううっ……」

スピードをあげれば、すぐに達してしまうだろう。誘惑に耐えて、じっくり腰を振りたてる。できるだけ時間をかけたほうが、最後に訪れる歓喜の瞬間が大きくなることを知っていた。

「晃太郎くんの立派だから、すごく擦れてるの……はあぁっ」

「香澄さんのなかも、すごく気持ちいいです」

全身にびっしり汗をかきながら、あくまでもゆったり抽送する。着物の背中に覆いかぶさり、両手を前にまわして乳房を揉みしだく。コリコリに硬くなった乳首を摘んでは、柔肉に指を沈みこませた。

「ああンっ」

鼻にかかった声が、香澄の唇から溢れだす。さらに、後れ毛が垂れかかるうなじにむしゃぶりつけば、女体がビクンッと反応した。

「やンっ、くすぐったいわ」

そう言いながらも、膣は収縮して男根を締めつけている。膣襞が亀頭の表面を這いまわり、膣口は太幹を離すまいと食いこんでいた。

「くうっ、吸いこまれるみたいだ」

愛蜜の量も増えて滑りがよくなっている。快感が大きくなり、自然と抽送速度があがってしまう。カリで膣壁を抉るように腰を振りたてて、着物の衿もとから溢れている乳房を揉みまくった。

「いいわ、すごく上手よ……ああっ」

香澄が褒めてくれるから、ますます気持ちが盛りあがる。男根を出し入れするほどに、彼女の反応も大きくなった。

「あンンっ、い、いいっ」

「お、俺も、すごく……」

「ああっ、晃太郎くん、逞しいわ」

背中がさらに反り返り、双臀を晃太郎に押しつける格好になる。ペニスがより深く嵌りこみ、先端が子宮口に到達した。

「あああッ、当たってる」

「あ、あったかくて、ううぅッ」

熟れた媚肉がまとわりついてくる。このままのペースだと、すぐに暴発してしまう。長持ちさせたくても、もうピストンスピードを抑えられない。射精の欲求からは逃れられなかった。

「くうぅッ、す、すごいっ」

「ああッ、いいっ、あああッ」

晃太郎が呻けば、香澄の喘ぎ声も大きくなる。いつもは常連客で埋まる店内に、二人の乱れた声が響き渡った。

「も、もうっ、出そうです！」

堪えきれずに叫んだ直後、香澄が腰を引いたことでペニスが抜け落ちた。

「うおっ……」

結合が解けて、快楽が宙ぶらりんになる。目前に迫っていた絶頂が遠ざかり、猛烈な焦燥感に襲われた。

「そんな……香澄さん……」

「まだダメよ」

振り返った香澄の口もとに、微かな笑みが浮かんだ。晃太郎が焦れている姿を見て、悦んでいるようだった。

「せっかくだもの、もっと楽しませてね」

着物の衿ぐりから乳房を剝きだしにした状態で、香澄は目を細めて囁いた。この状況を完全に楽しんでいる。晃太郎のTシャツを摘むと、ゆっくりまくりあげて頭から抜き取った。

「な、なにを……ううっ」

胸板に指を這わせて、乳輪をねちねちとなぞってくる。散々焦らしてから乳首を小突きまわし、晃太郎が快楽の呻きを漏らすと、嬉しそうに「ふふっ」と笑った。

「敏感なのね」

さらに顔を近づけて、乳首にチュッと口づけする。波紋のように快感がひろがり、晃太郎は立ったまま全身を硬直させた。

「くうっ」

「気持ちいい？　若いって素敵ね」

さらに舌を這わせて、乳首に唾液を塗りつけてくる。乳輪まで充分硬くなると、今度はさも美味しそうに吸いあげてきた。

「あふンっ、コリコリになってるわ」

「くっ、そこばっかり……ううっ」

乳首に送りこまれる快感が下半身にも伝播して、ペニスがさらに硬化する。いきり勃った男根の先端からは、透明な汁が溢れて滴り落ちた。

「こっちも、すごく硬くなってる」

香澄は目の前にしゃがみこむと、カウパー汁と愛蜜にまみれた肉棒を握りしめてくる。やさしくしごきながら、亀頭に唇を寄せてきた。

「先っぽがこんなに膨らんで苦しそう」

「ま、まさか……」

「すぐ楽にしてあげるわね……はふンンっ」

ぱっくり咥えこまれて、鮮烈な快感がひろがった。

「おううッ！」

肉厚の柔らかい唇が、ちょうどカリ首周辺に密着している。彼女がゆったり首を振りはじめたことで、鋭角的に張りだしたカリをニュルニュルと擦られた。

「おおおッ、そ、それっ」

「あふっ……むふンっ」

鼻にかかった香澄の声も刺激となる。華蜜と男臭い我慢汁でコーティングされたペニスを、さもうまそうにねぶりまわしてきた。

あの上品な小料理屋の女将が、唇を大きく開いて陰茎をしゃぶっている。鉄棒のように硬くなった男根を、ジュポッ、ジュポッと下品な音を響かせながら、口唇ピストンで味わっていた。

「ま、待って、そんなにされたら……」

「ンふっ……はむっ……あふンっ」

晃太郎の声を無視して、香澄はフェラチオを加速させる。リズミカルに頭を振り、柔らかい唇で肉棒をしごきあげてきた。

「くううッ、ダ、ダメだ、もうっ」

唾液をたっぷりまぶすことで、蕩けそうな快感が膨れあがる。もうこれ以上は耐えられない。射精感の波が押し寄せて、腰に小刻みな痙攣がひろがった。

「で、出ちゃいます、くううッ」

泣きそうな声で訴えるが、まるで聞く耳を持たない。香澄は勃起を根元まで呑みこみ、頬をぼっこり窪ませて吸引した。

「はむううッ！」

「おおおッ、で、出るっ、出る出るうううッ！」

とてもではないが耐えられない。晃太郎は獣のような咆哮（ほうこう）をあげながら、限界まで膨らんだ欲望を一気に放出した。すさまじい快楽の嵐が吹き荒れて、大量の白濁液を女将の口内に注ぎこんだ。

「あむううッ」

香澄は注ぎこまれるそばから、濃厚なザーメンを飲みくだしていく。喉を鳴らして若い男の精を嚥下（えんげ）すると、駄目押しとばかりに首を振り、尿道に残っている精液まで吸いあげた。

「ンふっ……ンふぅっ」

「も、もう……もう無理です」

射精直後のペニスを念入りにしゃぶられて、思わず腰をよじりたてる。くすぐったさが快感を上回り、じっとしていることができなかった。

「あンっ……」

男根が唇から抜け落ちると、香澄が恨めしげな瞳で見あげてくる。それでも、唇の端には満足そうな笑みが浮かんでいた。

「晃太郎くんの、濃くてとっても美味しかったわ」

未亡人女将が溜め息混じりにつぶやき、細い指をペニスに巻きつけてくる。まだ寝るのは早いわよとばかりにしごいて、物欲しげに唇を舐めまわした。

4

「もう一度、お願い……」

香澄は再びカウンターに両手を置き、剝きだしの双臀を後方に突きだした。

着物は纏ったままで、裾を大きくまくりあげている。衿も左右に開いて、たっぷりした乳房を大胆に露出していた。

「どうして、こんなに……」

晃太郎は屹立したままの己の男根を見おろし、戸惑いを隠せなかった。

彼女の口内に思いきり射精したにもかかわらず、いっこうに萎えることなく硬度を保っている。これほど勃起が持続するのは初めてだ。弘美にフラれてやけくそになり、欲望が暴走しているようだった。

「遠慮しないでいいのよ」

「香澄さん、お、俺……」

今さら遠慮する必要はなかった。熟れた尻を抱えこみ、いきり勃った男根を再び膣口に埋めこんだ。

「ああッ、来て、もっと来てぇっ」

「くううッ」

一気に腰を押しつけて、ペニスを根元まで挿入する。濡れそぼった媚肉に包まれることで、瞬く間に全身が熱くなった。

「はああッ、いい、いいわ」

「お、俺も……ぬおおおッ」

一時も休むことなくピストンを開始する。燃えあがる欲望にまかせて、グイグイと力強く腰を振りたてた。

「ああッ、晃太郎くんでいっぱいになってるの」

香澄が喘ぎ声を迸らせる。着物の背中を仰け反らせると、自らも尻を前後に揺らしはじめた。深くまで迎え入れた男根を、思いきり絞りあげる。カウンターに爪を立てて、さらなる突きこみをねだるように振り返った。

「ね、ねえ……」

「くうッ、いきますよ！」

先ほど射精したばかりなので、まだ耐えられる。奥歯を食い縛り、抽送速度をアップさせた。

「おおッ、おおおッ」

「あッ……あッ……い、いいっ」

引き抜くときにカリで膣壁を抉って、勢いよく挿入すると同時に亀頭で子宮口をノックする。ピストンスピードをあげることで女体の反応が大きくなり、女将のよがり泣きが店内に響き渡った。

「すごく、すごく感じるわ」

「か、香澄さん、俺もすごくいいですっ」

後ろから突きまくりながら、両手で乳房を揉みまわす。全裸ではなく、着物を乱した姿が、なおのこと牡の劣情を煽っていた。

「くううッ、絡みついてきます」

うなじから首筋にキスの雨を降らせて、耳たぶを甘嚙みする。もちろん、その間も双乳に指を食いこませては、尖り勃った乳首を転がした。

「ああッ、い、いいっ、あああッ」

女将が若いペニスに悶えて、甲高い喘ぎ声を振りまいている。女壺の濡れ方も激しくなり、熟れた尻たぶが小刻みに震えだした。

「も、もう、わたし……はあああッ」

限界が近づいているのは間違いない。久しぶりに男根で突きまくられて、女が燃えあがっているのだろう。香澄は結いあげた頭を左右に振り、双臀をぶるるっ、ぶるるっと痙攣させた。

「あああッ、もうダメぇっ」

「俺も、もう……くうううッ」

晃太郎の性感も切羽詰まっている。一度射精しているが、熟れた媚肉がもたらす快感は別次元だ。女壺はドロドロの溶鉱炉のように熱くなり、ペニスを甘く包みこんでねぶりあげてきた。

「おおおッ、気持ちいいっ、おおおおッ！」

ついに膣の奥深くで男根が脈動する。睾丸がキュッとあがったと思ったら、勢いよく精液が噴きだした。

「うおおおッ、出る出るっ、くおおおおッ！」

「あああッ、いいっ、すごくいいっ、あああああッ、イクッ、イクうううッ！」

香澄もよがり泣きを振りまき、一気に昇り詰めていく。蜜壺が咀嚼するように蠕動して、ペニスを絞りあげる。着物を纏った背中が弓なりの曲線を描き、突きだした尻が感電したように痙攣を繰り返していた。

晃太郎は豊満な尻を抱えこみ、一滴残らずザーメンを注ぎこんだ。香澄は焦点の合わない視線を宙に向けて、唇の端から涎を垂らしていた。

性器を深く繋げたまま、背中に覆いかぶさった。

名残を惜しむように、股間をぴったり密着させている。二人とも口を開くことなく、オルガスムスの余韻に浸っていた。

「そういえば、夕方、見かけたわよ」

乱れた着物を直しながら、香澄がひとりごとのようにつぶやいた。

椅子にしどけなく腰かけて、乳房を着物の衿で覆っていく。覗いていた太腿や白い臑(すね)も、すでに着物で隠されていた。

「ひとりで、とぼとぼ歩いてたわ」

後れ毛を手のひらで押さえると、首を少し傾ける。そして、こちらにチラリと視線を送ってきた。

「……え？」

まだ頭がぼんやりしており、彼女の言葉がすぐに理解できなかった。

晃太郎は力なく椅子に座っていた。服の乱れは直してあるが、いまだに思考がぼやけている。焦点の定まらない目を向けると、彼女は呆れたように肩をすくめた。

「清隆くんよ」

その名前を聞いた途端、胸の奥がチクリと痛んだ。

思い出したくなかったことが、急激に脳裏によみがえる。福来神社の鳥居の近くで、弘美と清隆が抱き合ってキスしていたのだ。夕日に染まるなかで唇を重ねる二人の姿が、脳内のスクリーンにまざまざと映し出された。

「夕方、お店を開ける前に、福来さまにお参りに行ったの。そのとき、弘美ちゃんとすれ違ったのよ。すごく怒った顔してたから、声もかけられなかったわ」

「弘美さんが……怒ってた？」

今ひとつ状況がわからない。晃太郎が目撃した後、なにかあったのだろうか。

「少ししてから、今度は清隆くんが歩いてきたの。頰を赤く腫らしてたから、驚いちゃった」

誰かに平手打ちでもされたのか、頰に手形がくっきりついていたという。香澄の言葉は具体的で、その光景がはっきり目に浮かんだ。

「清隆くんって手が早いでしょう。弘美ちゃんのこと怒らせて、引っぱたかれたんじゃないかしら」

香澄は少し楽しそうに「ふふっ」と笑った。

(なんか……思ってたのと違うんじゃ……)

ふと芽生えた疑問が急速に膨れあがっていく。

断片的な事実を組み合わせると、まったく異なるストーリーが見えてきた。

もしかしたら、清隆は強引にキスをして、弘美を怒らせたのではないか。晃太郎が目撃したのはほんの序章で、その後に弘美の怒りが爆発したのかもしれない。そう考えると、すべての辻褄が合う気がした。

(そうか……別に付き合ってるわけじゃなかったんだ)

だとすると、昨夜の彼女の言動はどういうことなのか。誘っておきながら、交際は断られたのだ。謎はますます深まるばかりだった。

「もう一度、気持ちをぶつけてみたらどうかしら」

香澄が真面目な顔で提案してきた。

すでに面と向かって断られている。あらためて告白するのは、相当な勇気と覚悟が必要だ。またフラれたら、今度こそ心がぽっきり折れてしまうだろう。

「やっぱり、俺には……」

「諦めるのは早いんじゃない？　だって、まだなにも知らないでしょう、弘美ちゃんのこと」

なぜか彼女の声には懇願するような響きがこめられている。晃太郎を応援しているだけではなく、もっと他にも理由がありそうだった。

「弘美ちゃんには幸せになってもらいたいの。しっかりしているように見えて、弱いところもあるから」

「急にどうしたんですか？」

なにか様子がおかしい。すでにフラれたと言っているのに、香澄はもう一度、晃太郎に告白してほしいと強く願っていた。

「晃太郎くんならできるわ」

「あの、だから、俺はもう……」

「弘美ちゃんのすべてを知って、その後どうするかは晃太郎くんが決めることよ」

いつになく熱く語る香澄の言葉に気圧されて、晃太郎は曖昧に頷くことしかできなかった。

第五章　とろり一夜

1

小料理屋すずを後にした晃太郎は、アパートに向かって、参道をとぼとぼ歩いていた。

香澄と別れたことで、つらい現実が脳裏によみがえった。

バイトを無断欠勤して、明日からどうすればいいのかわからない。謝れば許してもらえるだろうか。

だが、弘美と以前のような関係に戻れるとは思えない。身体を重ねたにもかかわらず、交際の申し込みはきっぱり断られたのだ。やはり、きたがわ屋でのアルバイトは諦めるしかないだろう。

「おーい！」

そのとき、遠くから呼ぶ声が聞こえた。

何事かと思って振り返ると、甚平(じんべい)に下駄(げた)を突っかけた泰造が走ってくる。ひどく慌てた様子で、ただでさえ厳(いか)めしい顔をしかめていた。

「晃太郎っ、ちょっと待て！」

泰造は大声で叫びながら駆け寄ってくると、晃太郎の肩をがっしり摑んだ。

「あ、あの……」

反射的に身構える。バイトの無断欠勤を怒られるに違いない。今にも殴られそうな勢いだ。

「おい、大変だっ」

泰造は興奮した様子で、肩をぐらぐら揺さぶってくる。動揺が激しく、すぐに言葉が出てこない。ただ、晃太郎のことを怒っているわけではないようだ。

「いいか、落ち着いて聞けよ」

「親父さんこそ、落ち着いてください」

ここまで取り乱すとは、いったいなにがあったのだろう。胸騒ぎがするが、なにしろ要領を得なかった。

「とにかく、急いだほうがいい」

「全然わからないですよ、なにを急ぐんですか？」

そんなやりとりをしていると、泰造の背後からひとりの女性が走ってくるのが見えた。きたがわ屋で何度か見かけた原田という女性客だ。地味なグレーのスカートにジャケットを羽織り、額に滲んだ汗をハンカチで押さえていた。

「通りを見てまわったんですが、どこにもいません」

「ううむ、心配だ」

彼女の報告を受けて、泰造が深刻そうに唸った。

二人が言葉を交わしているところを見るのは初めてだ。いつから親しくなったのだろう。なにが起こっているのか、さっぱりわからなかった。

「だから、どうしたんですか？」

我慢できずに尋ねると、泰造が肩を摑んでいる手に力をこめた。

「弘美がいなくなったんだ」

「いなくなった？」

まったく状況が把握できない。「弘美がいなくなった」という言葉だけが、頭のなかをぐるぐるまわっていた。

「それって……どういうことですか？」

「家にいないんだ。どっかに行っちまったんだ」

「どこかにって……」

まだ夜の十時過ぎだ。二十五歳の娘が帰ってこないからといって、大騒ぎする時間ではないだろう。

「小さな子供じゃあるまいし、そんなに心配しなくても」

「なに言ってんだ！」

いきなり、泰造の怒鳴り声が響き渡った。

「あいつが行き先を告げずに出かけたことなんて、一度もないんだぞ。ただの一度もだ！　これは家出だ、行方不明だ、弘美がいなくなっちまったんだ！」

これほど慌てている泰造を見るのは初めてだ。とにかく、かつてないほど動揺していた。

「で、でも、弘美さんはいい年なんだし、出かけることだって……」

清隆の線は薄くなったが、誰かとデートかもしれない。考えたくないが、大人の女なのだから男と遊びに行くことだってあるだろう。

「この大バカ野郎っ！　おまえはなんにも知らないから、そんな呑気なことが言ってられるんだ」

またしても雷が落ちる。いったい、なにが泰造をこれほど苛立たせているのか。その答えは、泰造自身の口から語られた。

「いいか、よく聞けよ。この人は原田明美（あけみ）さん、弘美の本当の母親だ」

隣に立っている女性が、丁重に腰を折って頭をさげる。無言のお辞儀に、言葉にはできない様々な思いが含まれている気がした。

「本当の……って、どういうことですか？」

晃太郎の頭は混乱するばかりだ。「本当の母親」とは、いったいどういう意味だろう。弘美の母親は、五年前に病気で亡くなったと聞いている。その後、下町の人情に支えられて、泰造と弘美の二人で店を切り盛りしてきたはずだった。

「これには深い事情があるんだ」

泰造の顔がいっそう険しくなる。

二十四年前——当時、泰造と妻は子宝に恵まれず、福来神社にお参りするのが日課だったという。

ある日、いつものようにお参りをしていると、どこからか赤ん坊の泣き声が聞こえた。周辺を探して賽銭箱の裏を覗きこんだ。すると、そこには毛布にくるまれた乳飲み子が寝かされていたという。

「それはそれは、可愛い赤ん坊だった……」

泰造は懐かしそうに目を細めた。

誰かが置き去りにしたのは明らかだった。泰造夫婦は天からの授かりものと思い、その子を介抱すると、その後、正式な手続きを踏んで養子に迎えた。

「もしかして、その子が？」

「うむ……弘美だ」

泰造の唇はへの字に曲がっている。仁王立ちで腕組みをして、いっそう険しい顔になっていた。

「わたしが、不甲斐なかったばっかりに……」

明美が苦しげにつぶやき、ハンカチで目頭を拭った。

若い頃、小さな商社でＯＬをしていたとき、出入り業者の男性に口説かれて付き合うようになり、数か月後に結婚した。ところが、夫は酒癖が悪く、飲むたびに暴力を振るった。

耐えかねて離婚した直後に妊娠が発覚したという。お腹のなかの我が子が愛しくてたまらず、ひとりで育てる決意をした。ところが、現実はそんなに甘くなかった。二十四年前のことである。シングルマザーに世間は冷たかった。両親はすでに他界しており、親戚付き合いもなく、相談できる人はいなかったという。

「わたしの覚悟が足りなかったんです」

追い詰められて、神社の賽銭箱の裏に赤子を置き去りにした。

二人が生きていくための苦渋の決断だった。いっしょにいても、この子を幸せにできない。だから、娘の名前を書いた手紙といっしょに置いてきた。親切な人に拾われることを願って……。

その後は女ひとりで生きてきた。

職場で出会った男に結婚を申しこまれたこともあるが、子供を捨てた過去を思うと自分だけが幸せになるわけにはいかない。すべて断り、仕事を転々としているうちに、気づくと五十一歳になっていた。

「今さら虫のいい話だと思います。でも、どうしても顔が見たくて……」

片時も娘のことを忘れていなかった。自分に会う権利はないと思いながらも、我が子を見たいという気持ちを抑えられなくなった。そして、最近になって、福来神社の周辺を訪れるようになったという。

だが、そう簡単に見つかるはずもない。諦めかけていたが、ぶらりと立ち寄ったきたがわ屋で、偶然、運命の再会を果たした。

弘美は若い頃の自分によく似ており、ひと目見ただけで我が子だとわかった。弘美のほうも、不思議なことに母親だとわかったらしい。じつに二十四年ぶりの再会だ。言葉を交わさなくても、見つめ合うだけで通じるものがあったという。

「なにも言うつもりはなかったの。でも、実際に会ったら……」

どうしても言葉を交わしたくて我慢できず、母親だと告げて謝罪した。怒られることを覚悟していたが、弘美は複雑そうな表情を浮かべるだけだった。その後、何度か顔を出しては、顔を合わせるたびに謝っていたらしい。

「あの子、怒ってくれないんです。罵倒されたほうが楽なのに」

明美はときおり鼻を啜りながら語ってくれた。晃太郎はなにを言うべきかわからず、黙って彼女の話を聞きつづけた。

「養子だってことは言ってなかったんだが、きっと弘美は気づいてたんだな」

泰造の言葉には淋しさと無念さが滲んでいた。

「俺は本当の親子になれたつもりでいたんだ。だから、わざわざ打ち明ける必要はねえって……でも、ちゃんと説明してやるべきだった」

当時、参道に住んでいた者なら、弘美が養子だと知っている。だからこそ、みんなで娘のように可愛がっていた。

弘美はいつ自分の秘密を知ったのだろう。泰造と血が繋がっていないと知ってショックを受けたのか、実の母親が現れたことで動揺したのか。とにかく、彼女の胸のうちは、本人にしかわからなかった。

「今夜、弘美も交えて三人で話をするつもりだったんだ。大事な話があるからって言っておいたのに、気づいたら家からいなくなっちまった」

「話っていうのは……」

「今後のことだよ。弘美はどうしたいのかってことだ。原田さんと暮らしたいのか、それとも、今までどおり俺と……」

泰造はそこまで言って、むっつり黙りこんだ。厳めしい顔をしているが、内心は複雑なのだろう。

「そんな……」

晃太郎は言葉を失っていた。

あまりにも重い真実を前にして、なにを言えばいいのかわからない。こうなってくると、昨夜の出来事も無関係とは思えなかった。弘美が晃太郎を誘ってきたのは、淋しさを埋めるためだったのではないか。

(それなのに、俺は……)

憧れの女性とひとつになれた喜びに舞いあがり、はしゃいでいるだけだった。彼女の気持ちを少しでもわかっていれば、たとえば悩みを聞いてあげることくらいはできたのに……。

——弘美ちゃんのすべてを知って、その後どうするかは晃太郎くんが決めることよ。

ふいに香澄の言葉がよみがえる。

いつかこういう日が来ると懸念していたのかもしれない。だからこそ、支えが必要だと思っていたのだろう。

「弘美さんの行きそうな場所は？」

今は後悔している場合ではない。とにかく、彼女の安否が気にかかった。

「それがわかったら苦労しねえ。あいつ、まさか思い詰めて……」

泰造の顔は青ざめていた。いつもの覇気はなく、これまでに見たことがないほど不安げな表情になっていた。

「おい、晃太郎」

「そんな、俺に言われても……」

「ごめんなさい、わたしが現れたばっかりに……うぅぅっ」

明美もおろおろして涙を流している。弘美がいなくなったのは、自分のせいだと思いこんでいた。

（弘美さん、どこに行っちゃたんだ）

このまま彼女を失いたくない。たとえ振り向いてもらえなくても、手を差し伸べてあげたかった。

「俺、捜してきます」

もう居ても立ってもいられない。泰造と明美をその場に残して、晃太郎は参道を駆けだした。

2

とにかく福来神社に向かって走った。

参道はどの店もシャッターをおろしており、歩行者はひとりも見当たらない。外灯はついているが、昼間の喧騒が嘘のように静まり返っていた。

(頼む、無事でいてくれ)

人気のない参道を駆け抜けながら、心のなかで祈った。

確信はないが、勘は働いている。弘美が置き去りにされたのは賽銭箱の裏だし、なにより彼女と参拝したときの真剣な表情が印象に残っていた。

あのとき、弘美はなにをお願いしたのだろう。

福猫通りでの幸せな日々を、ただ守りたかっただけなのではないか。親父さんや参道のみんなと、いっしょにいたいだけではないのか。楽しそうな彼女の笑顔を思い返すと、そんな気がしてならなかった。

(俺は、弘美さんが苦しんでるときに……)

自分のことばかり考えていた。弘美と仲良くなりたい、手を繋ぎたい、キスをしたい。さらにはもっと……。彼女の苦悩も知らず、そんな想いばかりを巡らせていた自分が嫌になる。

　せめて今は彼女を助けてあげたい。なにもできないかもしれないが、それでも好きな人のために力を尽くしたかった。

　薄闇のなかにたたずむ鳥居を潜り、社殿の前に辿り着いた。

　久しぶりに全速力で走ったため、息が切れている。前屈みになって、膝に手をついた。毛穴という毛穴から汗が噴きだし、Ｔシャツは汗だくになっている。心臓が破れそうなほど拍動しており、頭がくらくらした。

　夜の神社はなんとも言えない雰囲気だ。昼間なら厳か（おごそ）かと感じる空気も、この時間だと不気味だった。普通だったら、ひとりで来ることはないだろう。

　周辺を隈（くま）なく歩きまわるが、弘美の姿はどこにも見当たらない。残すは一ヵ所だけだった。

　とにかく、休んでいる場合ではない。深呼吸をして気合いを入れると、社殿の階段をゆっくりあがっていく。やはり周囲に参拝客は見当たらない。晃太郎は目の前の賽銭箱だけを見つめていた。

　目を閉じて、弘美に会えることを願った。

　気持ちを落ち着けると、ゆっくり賽銭箱をまわりこむ。陰になっているため、さらに暗くなっている。だが、目を凝らすと、うずくまっている人影が見えた。

賽銭箱に背中を預ける格好で体育座りしている。フレアスカートにブラウスを纏って、膝を抱えこんでいた。うつむいているため顔は見えないが、雰囲気で弘美だとわかった。

（よかった……）

安堵がこみあげて、ほっと胸を撫でおろす。彼女が無事でいてくれた。それだけで涙ぐみそうなほど嬉しかった。

とりあえず、最悪の事態は避けられた。

少し迷ったが、弘美の隣に腰をおろした。賽銭箱を背にして、肩が触れない適度な距離を保った。

弘美は微かに顔をあげたが、すぐにうつむいてしまう。一瞬目が合ったので、晃太郎だと気づいたはずだ。無言ではあるが、立ち去らないということは、完全に拒絶されているわけではないらしい。

「親父さんが心配してましたよ」

できるだけ穏やかな声で語りかける。さりげなく様子を観察しながら、慎重に言葉を選んだ。

「いろいろ聞きました。弘美さんの昔のこととか」

彼女はなにも答えないが、晃太郎の声は聞こえているだろう。だから、反応がなくても話しつづけた。

「あのお客さん、お母さんだったんですね。弘美さんが大変なときに、俺、なんにも気づかなくて……」

昨夜のことを思い返すと、やはり自分にも責任の一端がある気がする。弘美の様子がおかしいのに気遣うことなく脳天気だった自分を、殴り飛ばしてやりたかった。

「その、なんて言うか……すみませんでした」

思いきって謝罪すると、弘美が微かに反応した。体育座りの姿勢で、ほんの少しだけ顔をあげてくれた。

「知らなかったとはいえ、俺、無神経でした」

自分で自分を許せない。昨夜の出来事を、黙ってやり過ごすことはできなかった。

「わたし……」

初めて弘美が口を開いた。

「晃太郎くんに、ひどいことしたのに」

弘美の唇から、か細い声が紡ぎ出される。消え入りそうだが、辺りが静かなので聞き取ることができた。

「謝らなくちゃいけないのは、わたしのほうよ。自分が淋しいからって、晃太郎くんに……」

謝罪の言葉が胸を抉る。やはり、弘美は一時の淋しさを埋めるために、晃太郎を誘ったのだ。薄々わかっていた。わかっていたが、彼女の口から聞かされるとショックは大きかった。

「ひどいことされたなんて、思ってません」

晃太郎は無理をして笑みを浮かべた。暗いので彼女からは見えないだろうが、そうでもしないと涙が溢れそうだった。

だが、今は自分のことより、彼女をなんとかしてあげたい。一刻も早く、苦しみから解放してあげたかった。結局のところ、なにが一番問題なのだろう。そこがわからないので、かける言葉が見つからなかった。

「せっかく、告白してくれたのにごめんなさい」

「い、いえ……」

今さら謝られると、なおのこと悲しくなる。もうフラれたことには、触れてほしくなかった。

「怖かったの……」

しばらく沈黙がつづいた後、弘美がぽつりとつぶやいた。

「昔、お付き合いしていた人がいたの」

このタイミングで打ち明けるということは、彼女にとって重要な意味があるのだろう。晃太郎はなにも言わず、過去の恋愛話に耳を傾けた。

以前、朱音から聞いたことがある。確か大学生のときに恋人がいたが、その人と破局して以降、誰とも付き合っていないと言っていた。

別れたことがショックで、次の恋愛に進めないのだろうか。あるいは、今でもその男のことを想っているのか……。いろいろ想像していたが、彼女自身の口から語られた真実はまったく違っていた。

「大学時代の先輩だったの。でも、フラれちゃった」

男から別れを切り出したというから驚きだ。弘美のような素敵な女性と付き合っていたのに、いったいなにが不満だったというのか。もし自分だったら、死んでも彼女の手を離すことはないだろう。

しかも、二人は大学卒業後に、結婚まで考えていたという。そういう関係なので、弘美は自分のことをすべてを打ち明けていた。

「……捨て子だってこともね」

さらりと語るが、平静を装っているようにも感じられる。やはり、親に捨てられた過去は、彼女の心に暗い影を落としているのだろう。

「そのこと、いつから……」

「ずっと前から知ってたの。わたしは捨てられた子なんだって自覚してた。聞いちゃったの、お父さんとお母さんが話してるの……」

中学生のとき、夜中にふと目を覚ました弘美は、父親と母親が話しているのを偶然聞いてしまったという。実の娘だと思って育ててきたが、いつかは打ち明けなければと相談していたらしい。

「じゃあ、ずっと……」

真実を知っていながら、あえてそのことを口にせず暮らしてきた。泰造たちが黙っているので、気づいていない振りをしたらしい。彼女の気持ちを思うと、不憫(ふびん)でならなかった。

「それで、彼のご両親に挨拶に行ったんだけど、反対されたの」

ことさら明るく言うが、語尾は微かに震えていた。

親に捨てられた過去を告白すると、相手の両親に面と向かって猛反対されたという。

「もし実の親が犯罪者だったらどうするの？」そんな心ない言葉に、返す言葉がなかった。

親の顔も知らないので反論のしようがない。確かに、両親がどこの誰かもわからないのは事実だった。そのとき、彼は擁護もせずに黙りこんでいたという。

(なんて奴だ、俺だったら……)

親と縁を切ってでも、好きな女性といっしょになる道を選んだだろう。

そのときの彼が手を差し伸べていたなら、今、彼女はこれほど苦しむことはなかったはずだ。そう思うと無性に腹立たしくなってきた。

「あのときのことがずっと心に残ってて、もう恋なんてしたくない、しちゃいけないんだって思うようになって……」

以来、誰とも付き合っていないらしい。ときには、客からデートの誘いを受けることもあるが、丁重に断っているという。

「じゃあ、清隆のことは？」

つい口が滑ってしまった。弘美が驚いた様子で視線を向ける。もう誤魔化すことはできなかった。

「夕方、福来さまに行ったら、その……たまたま……」

「見られちゃったのね、キスされたところ」

弘美はあっさり認めて、小さな溜め息を漏らした。

清隆に呼びだされて福来神社に行くと、正式に交際を申しこまれたという。そんな気がしていたので、最初から断るつもりだった。実際、きっぱり断ったのだが、強引にキスされて、反射的にビンタしてしまった。

「悪い人じゃないんだけれど……」

子どもの頃から知っているので気心は知れている。とはいえ、なにしろ軽い男なので、交際相手としては考えられなかったらしい。

「幼なじみって言うのかな。これからも、ずっと」

この先、二人の仲が進展することはないようだ。

それを聞いて、晃太郎は少し安心した。弘美を幸せにできるのは、少なくとも清隆ではない。もっと相応しい男がいるはずだと思っていた。あのぼんぼん息子のことなら心配ない。すぐに立ち直り、別の女性にアタックするだろう。

「帰りましょう」

晃太郎は静かに語りかけた。泰造と明美が心配している。とにかく、弘美の無事を伝えるべきだと思った。

「今夜は帰りたくない」

ところが、彼女は態度を一変させた。これまでにないほど声が硬い。ようやく心を開いてくれたのに、またしても殻に閉じこもりそうな雰囲気だ。

「弘美さん……」

「お父さんには、電話するわ」

父親に心配をかけていることは、悪いと思っているらしい。ということは、彼女の心に引っかかっているのはひとつだけだった。

「お母さんのことですか？」

晃太郎の問いかけに、弘美は暗闇のなかでうなずいた。

「本当のこと言うと、ちょっと恨んでた。でも、実際に会ったら……」

自分を捨てた母親が現れて、戸惑っているのだろう。なにしろ、二十五歳になるまで顔も知らなかったのだ。彼女の心が揺れるのは当然のことだった。

「それに、お父さん、今後のことを話し合うなんて言いだして……」

弘美は少し不服そうにつぶやいた。

「どういうつもりなんだろう。晃太郎くんになにか言ってなかった？」

「俺には、なにも……」

はっきり意思を確認したわけではないが、泰造はこれまで同様、弘美と暮らしたがっているのは間違いない。とはいえ、非常にデリケートな問題だ。第三者である晃太郎が、迂闊（うかつ）なことを口にするべきではなかった。

「今は誰にも会いたくないの」

「でも、こんなところにいたら危ないですから」

彼女の気持ちはわからなくもない。だからといって、夜の屋外に放置することなどできなかった。

「ひとりになりたい」

「ダメです」

きっぱり即答した。彼女が動かないというのなら、朝まで付き合うつもりだ。

「こんなところに置いていけません」

「晃太郎くん？」

「俺は絶対に動きませんよ」

これだけは譲れない。彼女の身を危険に晒すことはできなかった。晃太郎は体育座りの格好で、梃子でも動くまいと膝を抱えこんだ。

「弘美さんがなにを言っても無駄ですから」

「……強引なのね」

弘美は溜め息混じりにつぶやいた。

どうせ、もうフラれているのだ。怖いものなどなにもない。とにかく、彼女を無事に連れ帰るまで、離れるつもりはなかった。

「じゃあ、今夜は晃太郎くんのところに泊まらせて」

予想外の言葉にドキリとする。聞き間違いかと思い、暗闇のなかで彼女の顔を見つめ直した。

「晃太郎くんのアパートに行ってもいい？」

念を押すように繰り返す。冗談を言っている雰囲気ではなかった。

「な……なにを……」

「お父さんにも、明美さんにも会いたくないの……お願い」

弘美は実の母親のことを「明美さん」と呼んだ。「原田さん」と言っていたときよりは近づいたかもしれないが、まだまだ距離が感じられた。

「うちは、ちょっと……」

彼女を部屋に招くのが嫌なわけではない。むしろ嬉しいことだが、体の関係を結んだのは昨夜のことだ。まだ記憶が生々しく残っているのに、部屋で二人きりになるのはまずい気がした。

「昨日のことを気にしてるのね」

「い、いえ……ええ、まあ……」

まだ気持ちを整理できておらず、曖昧な返事になってしまう。

昨夜、弘美は淋しさを誤魔化すために晃太郎を誘った。恋愛感情はなかったと聞いて、ただただ悲しかった。

「信じてほしいの」

弘美がすっと手を握ってくる。温かい手のひらで、しっかり包みこんできた。

「そんなことされたら、また勘違いしちゃいます」

戸惑って手を引こうとするが、なぜか彼女は離そうとしなかった。

「勘違いじゃないの。嫌いな人とは、あんなことできないから」

「でも……」

「晃太郎くんだったから……だから、わたし……」

真剣な声には、縋るような響きも含まれている。そんなことを言われたら突き放せない。晃太郎は困惑しながらも、頷くしかなかった。

3

晃太郎が住んでいるこのアパートの一室に、弘美を迎え入れる日が来るとは想像すらしたことがなかった。

「片付いてるのね。男の子の部屋って、もっと散らかってるのかと思ってたわ」

弘美は勧めるままパイプベッドに腰かけていた。

すでに泰造には連絡を入れてある。途中で弘美に替わったので、さぞ安心しているに違いない。

今夜は晃太郎の部屋に泊まると伝えたら、あっさり了承したという。仮にも男の部屋なのだから、少しは心配したほうがいいのではないか。信用されているのかもしれないが、人畜無害と思われているのも男として情けなかった。

「あの、なんか飲みます？」

晃太郎はどうにも落ち着かず、卓袱台の前に突っ立っていた。

普段はパイプベッドが定位置だ。いつもソファ代わりに寝そべって、カラーボックスの上に置いたテレビを眺めている。でも、今は弘美が座っており、隣に腰かけるのは気が引けた。

今日の彼女は、スカイブルーのフレアスカートに白いブラウスを羽織っている。肩先で揺れるセミロングの黒髪が、蛍光灯の明かりをキラキラ反射していた。

「ウーロン茶でもいいですか？」

懸命に平静を装って尋ねると、彼女は静かに首を左右に振った。

「あとはインスタントコーヒーしか――」

「晃太郎くん」

彼女は笑みを向けて晃太郎の声を遮ると、自分のすぐ隣をぽんぽんと軽く叩いてみせる。こっちに来て座ってと瞳で訴えかけてきた。

「じゃ、じゃあ……」

硬い動きでベッドに歩み寄り、弘美の隣に腰かける。失礼がないようにと距離を取ったが、彼女は腰を浮かして自ら距離を詰めてきた。

「あ……」

肩が触れ合い、小さな声が漏れてしまう。自分の部屋だというのに、どうにも落ち着かない。距離が近すぎるが、わざわざ離れるのもおかしいだろう。頬をこわばらせながら、ささくれ立った畳を見つめた。

「いろいろ迷惑をかけて、ごめんなさい」

弘美があらたまった様子で頭をさげる。晃太郎はますます緊張して、全身を硬直させていた。

「な、なんのことですか?」

「だって、気を悪くしたでしょう」

頬が桜色に染まっている。昨夜のことを言っているのだろう。羞恥がこみあげてきたのか、ずいぶん気にしているようだった。

「迷惑だなんて思ってません」

彼女の顔を見ることはできないが即座に答えた。

「本当?」

横顔に視線を感じる。弘美がじっと見つめているのがわかった。

「は、はい」

声が掠れていた。

高嶺の花だった女性と、一度だけでも結ばれたのだ。この思い出をもらえただけでも感謝していた。そう、感謝していたはずだった。

「でも、俺……」

胸の奥で熱い気持ちが燻(くすぶ)っている。諦めたつもりでいたのに、彼女への想いが再燃していた。

「俺……やっぱり」

昨夜のことは最高の思い出だ。でも、思い出だけで終わらせたくなかった。

彼女の過去を知ったが、好きだという気持ちに変わりはない。いや、むしろ想いは強くなっていた。

「俺、今でも弘美さんのこと……」

言わなければ一生後悔する。口にすることで嫌われるかもしれないが、なにもしないで後悔するよりはマシだった。

「しつこいと思われるかもしれませんが、やっぱり諦めきれませんっ」

「晃太郎くん？」

「弘美さん……お付き合いしてください！」

真っ直ぐ瞳を見つめて、思いの丈をぶつけていく。これで駄目なら、もう二度と彼女の前に現れない覚悟だった。

「こんな……わたしでも？」

まさか再び告白されると思っていなかったのだろう。弘美は目を見開いて、困惑の表情を浮かべていた。

「昔のこと、いろいろ話したでしょ」

弘美が不安そうに尋ねてくるが、過去のことなど気にならない。それどころか、守りたいという気持ちが芽生えていた。もうこれ以上、悲しい思いをさせたくない。彼女を傷つけるものから、身を挺してでも守ってあげたかった。

「俺にとって大切なのは、今の弘美さんなんです」

「でも、わたし、五つも年上なのよ」

「そんなこと関係ありません。弘美さんといっしょにいたいんです」

年の差など些細なことだ。どれだけ好きかという気持ちが重要だった。

「それに、本当の父親のこともよくわからな――」

「俺は弘美さんのことが好きなんですっ」

まだなにか言おうとする彼女の声を遮った。

「全部ひっくるめて、大好きなんです！」

気持ちが昂り、鼻の奥がツーンとなる。これ以上しゃべると、涙が溢れてしまいそうだった。

「お願いします！」

もう顔を見ていることもできず、祈るような気持ちで頭をさげた。

晃太郎が黙りこんだことで静寂が訪れる。きっと彼女は困っているのだろう、微かな息遣いだけが聞こえていた。

(やっぱり、ダメか……)

覚悟したそのときだった。肘にふんわりと柔らかいものが触れた。

「……え？」

彼女が腕に抱きついている。ブラウスの乳房の膨らみが、晃太郎の肘に押し当てられていた。

「嬉しい」

弘美が潤んだ瞳を向けてくる。視線が重なり胸の奥が熱くなった。

「ひ……弘美さん」

「わたしでよかったら、よろしくお願いします」

彼女の囁くような声が、美しい旋律となって鼓膜を振動させる。気持ちがすっと軽くなり、天にも昇るような心地になった。

(奇跡だ……まさか、弘美さんと)

憧れの人と交際できるなんて、奇跡が起こったとしか思えない。

感激のあまり涙腺が緩んでしまう。涙がこぼれないように天井を見あげて、奥歯をぐっと食い縛った。

「晃太郎くん、ありがとう」

弘美も喜んでくれている。腕にしがみつき、ますます乳房を押しつけてきた。マシュマロのような柔らかさが伝わり、頭のなかが熱くなった。

(うっ……や、やばい)

感動の瞬間だが、若い肉体は正直に反応してしまう。こんなときだというのに、彼女の乳房を意識したことで、ペニスが急激に膨らみはじめた。

気づかないでくれと願うが、すでにジーパンの前が突っ張っている。確認するまでもなく、テントを張っているのは間違いなかった。

「あ……」

そのとき、弘美が小声でつぶやいた。きっと勃起に気づいたのだろう。息を呑む気配も伝わってきた。

「晃太郎くん、これ……」

「すみませんっ」

すかさず謝るが、彼女は怒っているわけではない。その証拠に、ジーパンの股間の膨らみを手でそっと包みこんできた。

「うっ……」

「すごく硬くなってるね」

悪戯っぽい声で囁いてくる。そして、生地の上からペニスをスリッ、スリッと撫でまわしてきた。

「ひ、弘美さん？」

戸惑いの声を漏らすが、されるがままになっている。ほっとすると同時に、胸の奥には期待感がひろがっていた。

「なにを……ううっ」

ごく軽い刺激なのに、腰が震えるほど気持ちいい。早くも先走り液が溢れだし、ボクサーブリーフの内側を濡らしていた。

「見てもいいでしょ？」

弘美はベルトを外すと、ジーパンのボタンに指をかける。さらには、ファスナーをジリジリとおろしはじめた。

「ちょっ、いきなり……」

「昨日のお詫びをしたいの……お願い」

縋るような瞳で懇願されると、なにも言えなくなってしまう。ジーパンとボクサーブリーフを膝までおろされて、屹立したペニスが剝きだしになった。

「大きい……どうして、こんなに大きいの？」

股間に顔を近づけながら、亀頭に息を吹きかけるように尋ねてくる。

「そ、それは……弘美さんとくっついてたら、つい……」

「ムラムラしちゃった？」

またしても吐息を感じて、亀頭がこれでもかと膨らんだ。

「は、はいっ」

「わたしで、こんなに大きくしてくれたなんて」

ひとり言のような、しみじみとしたつぶやきだった。こうしている間も、微かな吐息が亀頭をくすぐっている。彼女は屹立したペニスを前にして、いったいなにを思っているのだろう。熱い視線が亀頭を這いまわっていた。

「あの……弘美さん？」

「晃太郎くんって、ほんとに正直なのね」

弘美はそう言うなり、股間に顔を埋めてくる。声をあげる間もなく、ペニスの先端をぱっくり咥えこんだ。

「はむうっ」

これでもかと膨張した亀頭が生温かい口腔粘膜に包みこまれて、柔らかい唇が肉胴に密着した。

(うおおッ！　ま、まさかっ)

股間を見おろすと、信じられない光景が展開されている。甘味処の看板娘が、己の男根を口内に含んでいた。

「ひ、弘美さんっ」

いつも爽やかに「いらっしゃいませ」と客に声をかけている口で、勃起したペニスをしゃぶっている。清楚な姿を知っているだけに、ギャップがなおのこと心を揺さぶった。気分は最高潮に高まり、先走り液が次から次へと溢れだした。

「おっきい……ンふぅっ」

弘美はくぐもった声を漏らすと、ゆったり首を振りはじめる。大量のカウパー汁と唾液がミックスされて、ヌルリヌルリと太幹の表面を滑っていた。

「あむっ……はふンっ」

根元まで呑みこみ、唇で肉胴をねぶるように吐き出していく。ゆっくり三往復ほど繰り返すと、徐々にスピードがあがってきた。

「ちょっ、ま、待って」

「ンっ……ンっ……あンンっ」

「ダメだって、くううッ」

急激に快感が大きくなり、両脚が畳の上で突っ張った。背後に両手をついて、仰け反った格好になる。それを合図に、彼女の首振りはますます激しくなった。

「そ、そんなされたら……うむッ」

硬直した肉胴に、唾液を乗せた舌が絡みついてくる。張りだしたカリの裏側まで舐められて、大量の我慢汁が溢れだした。

「くおおッ、そこは、ううううッ」

「これがいいの？　はむンンっ」

弘美はまたしてもペニスを深く咥えこみ、カウパー汁を嬉しそうに啜り飲む。指先では睾丸を撫でまわし、休むことなく快感を送りこんできた。

受け身のままでは、あっという間に追いこまれてしまう。ようやく気持ちが伝わったのだから、できるだけ長く楽しみたい。晃太郎は足をベッドの上にあげると、体をずらして仰向けになった。

弘美はペニスを咥えこんだまま、決して離そうとしない。口唇奉仕を継続しながらベッドにあがり、横たわった晃太郎の隣で正座をした。

「はむっ……あふンっ」

「今度は俺も……こっちに来てください」

彼女の腰に手をまわして引き寄せる。ペニスを深く咥えているので、下半身だけこちらに向ける格好だ。逆向きの状態で顔をまたがらせると、女体を自分の上に乗せあげた。

互いの股間を口で愛撫するシックスナインの体勢だ。

フレアスカートをまくると、純白のパンティが露わになる。ペニスをしゃぶって興奮したのか、股間にくっきりと縦染みができていた。

「ぬ、濡れてます……」

布地越しに指を這わせると、女体がヒクッと反応する。それでも、弘美は咥えた男根に舌を這わせていた。

「俺にも見せてください」

パンティを脇にずらし、濡れそぼった陰唇を剥きだしにする。途端にチーズにも似た女の匂いが溢れだす。サーモンピンクの花弁は、たっぷりの蜜にまみれて物欲しげに蠢いていた。

「ああっ、恥ずかしい」

弘美は初めてペニスを吐き出し、腰をクナクナとくねらせる。それでも、ほっそりした指を肉胴に巻きつけて、しごきあげることを忘れない。羞恥を訴えてくるが、期待に胸を膨らませているのも事実だった。

「いっしょに気持ちよくなりましょう」

両手をヒップにまわしこみ、目の前の淫裂にむしゃぶりつく。唇を押し当てると、溶けそうなほど儚(はかな)い媚肉の感触が伝わってきた。

「ああンっ、ダメ……はむンンっ」

弘美は喘ぎ声を漏らしながらも、再びペニスを深く咥えこむ。そして、さっそく首を振りはじめた。

「ンふっ……むふンっ」

「おおっ、気持ちいい」

陰唇の合わせ目に舌を這わせて、二枚の花弁を交互に口に含んでいく。すでに硬くなっているクリトリスを舐め転がし、女体を散々悶えさせる。さらには、とろみのある愛蜜を啜りあげて、尖らせた舌先を蜜壺に差し入れた。

「あンンっ！　やだ、なかで動いて……」

ヒップに震えが走り、膣口が舌を締めつけてくる。女壺が蠕動して、甘露(かんろ)のような華蜜がどっと溢れてきた。

「す、すごいぞ……ふむううっ」

晃太郎が陰唇をしゃぶっている間も、彼女はペニスを吸いあげている。唇をねちっこくスライドさせながら、亀頭に舌を這いまわらせていた。

弘美はさも美味しそうに男根を舐めしゃぶる。指で根元をやさしくしごき、もう片方の手では玉袋を揉みほぐしてきた。

「ううっ、そんなところまで」

たまらず腰をよじらせるが、彼女はやめようとしない。肉棒を咥えて首を振りながら、双つの睾丸を揉み転がしつづける。これまで経験したことのない感覚が膨らみ、全身の毛が逆立った。

「くううッ、今度は俺が……」

それならばと、晃太郎も反撃に出る。蜜壺に舌先を沈みこませたまま、思いきり膣口を吸いあげた。

「ひうううッ！」

その瞬間、女体が大きく波打ちはじめる。弘美はペニスを口に含んだまま、悲鳴にも似た嬌声を振りまいた。

(これが感じるんだ)

彼女の反応に気をよくして、愛撫を加速させる。吸引しながら女壺のなかで舌先を動かせば、白い内腿に小刻みな痙攣が走り抜けた。

「ンンっ……はンンっ」

もはや首を振ることもできず、ただペニスを咥えているだけだ。

「ひいッ、ダ、ダメっ、あひいいッ！」

ついに弘美はペニスを吐き出し、金属的なよがり泣きを迸らせる。尻たぶをはしたなくヒクつかせて、蜜壺からは愛汁を滴らせた。それでも、手ではしっかりペニスをしごいている。決して休むことなく、晃太郎に快楽を送りつづけていた。

間に響いていた。

つた喘ぎ声と晃太郎の快楽の呻き声、それに愛蜜と我慢汁の弾ける音が、古びた六畳

互いの性器を刺激し合うことで、二人の性感は同時に昂っていく。弘美の切羽詰ま

「お、俺もそろそろ……うむっ」

「ああッ、もうっ、あああッ」

このままつづけたら数秒で間違いなく達してしまう。晃太郎は愛撫を中断すると、

彼女を自分の隣に横たえる。そして、ブラウスとスカートを奪って、純白のブラジャ

ーとパンティだけにした。

「ああ、晃太郎くん……」

弘美が弱々しくつぶやき、濡れた瞳で見あげてくる。清楚な彼女が、唇を半開きに

して息を乱していた。

(弘美さんが、俺のベッドで……)

手の届かない存在だと思っていた弘美が、下着姿で自分の部屋のベッドに横たわっ

ている。あらためて考えると、すごいことだった。

晃太郎は膝に絡まっているジーパンとボクサーブリーフをおろして、Tシャツも脱

ぎ捨てた。彼女の唾液をたっぷり塗りこまれた男根は、かつてないほど野太く屹立し

ている。早くひとつになりたくて、先端から涎をダラダラ垂らしていた。

「こんなに大きくなって……」

弘美が切なげな瞳を向けてくる。晃太郎は天にも舞いあがりそうな気持ちで、彼女に覆いかぶさって背中に手をこじ入れた。

「あンっ、焦らないで」

背中を少し浮かせて協力してくれる。ホックを外してブラジャーを取り去ると、大きな乳房が弾みながら現れた。

「おおっ」

思わず唸ってしまうほどの美乳だ。何度見ても飽きることなく、新鮮な感動を味わえる。滑らかな曲線を描く柔肌は抜けるように白く、乳首と乳輪は透明感のある淡いピンクだった。

さらにパンティを引きおろしにかかると、すぐさま恥丘に生い茂る秘毛が露わになる。漆黒の草むらは自然な感じでなびいており、むっちりした太腿の付け根を彩っていた。

「弘美さん……」

パンティをつま先から抜き取ることで、彼女は一糸纏わぬ姿になった。

もう、ひとつになることしか考えられない。弘美の脚の間に入りこむと、勃起した男根を膣口にあてがった。

「晃太郎くん……お願い」

彼女の瞳も期待に濡れている。晃太郎は小さく頷き、ゆっくり腰を送りだした。

「いきますよ」

「あああッ、晃太郎くんっ」

すでに準備を整えていた膣口は、いとも簡単に男根を迎え入れる。膣襞がいっせいに蠢き、青筋を浮かべた肉柱に巻きついてきた。

「おおおッ！　し、締まるっ」

一気に根元まで挿入すると、女体をしっかり抱きしめる。弘美も下から腕を伸ばして、首に巻きつけてきた。

「奥まで来てる……ああッ、もっと」

大きな乳房が胸板に押しつけられて、プニュッと柔らかくひしゃげている。それでも物足りないとばかりに、弘美は両脚もしっかり絡ませてきた。

「もっと来て、はああッ」

「うおッ……き、気持ちいいっ」

両手両脚でしがみつかれて、自然と挿入が深まった。亀頭の先端が、蜜壷の最深部のコリコリした部分に到達していた。

「あああッ、そこ、もっとそこをっ」

「ここがいいの？　ここだね？」

晃太郎は快感に耐えながら腰を振りはじめる。陰毛同士が擦れ合う。亀頭をぶつけるようにペニスを抉りこむと、女体の悶え方が大きくなった。

「あッ……あッ……い、いいっ」

弘美はより深く繋がることを求めている。一体感を味わうことで、ひとりではないことを確認したいのだろう。眉を八の字に歪めて、瞳で「もっと、もっと」と訴えてきた。

「ようし、それなら……」

晃太郎は彼女の背中に両手を差し入れてしっかり抱きしめる。そして、女体を抱き起こしながら、自分はシーツの上で胡座(あぐら)をかいた。

「きゃっ！　ま、待って」

弘美の唇から小さな悲鳴が溢れだす。突然、体位が変わったことで、驚きを隠せないようだった。だが、それ以上の快感が女体を貫いている。蜜壺は歓喜に震えて、男根をさらに強く締めつけていた。

女体を股間に乗せあげた対面座位だ。彼女の体重がかかることで、ペニスがより深く突き刺さる。亀頭の先端は子宮口に達しており、軽く膝を揺するだけで奥をゴリゴリと擦っていた。

「あうッ、深いっ」

「当たってるのわかる?」

「わ、わかる、奥に当たってるの……あああっ」

弘美は涙目になって答えると、晃太郎の首に強くしがみついてくる。そして、我慢できないとばかりに腰をまわしはじめた。

「ああンっ、ねえ……」

「ううっ、す、すごい」

両手で彼女の尻たぶをしっかり抱き、前後に力強く揺さぶった。膝の上下動を加えることで、密着したままペニスを抜き差しする。抱き合った状態なので、どうしてもストロークは小さくなるが、そのぶん一体感は大きかった。

「あッ……あッ……奥、擦れてる」

弘美が呼吸を乱しながら訴えてくる。結合部から聞こえる、ニチュッ、クチュッという湿った音も、気分を高めるのにひと役買っていた。

「弘美さんと、こんなことできるなんて」

女体を抱きしめて、首筋に唇を押し当てる。汗ばんだ肌についばむようなキスを繰り返せば、彼女はますます強くしがみついてきた。

「ああッ、晃太郎くんっ」

蜜壺の締まりがきつくなり、膣襞がイソギンチャクのように蠢き、肉竿に絡みついてくる。快感が一気に大きくなって、急激に射精感がこみあげてきた。

「くおおッ、し、締まるっ」

首筋に吸いつき、女体を強く抱きしめる。慌てて動きをとめて、危ういところで暴発を抑えこんだ。ところが、弘美は焦れたように腰をよじりたてる。結果として男根が思いきり絞りあげられて、再び悦楽の大波が押し寄せてきた。

「おおッ、ま、またっ、くおおッ！」

「ああッ、いいっ、あああッ」

快感が高まるほどに、気持ちも高揚する。愛しさが募り、どちらからともなく唇を重ねていた。腰を振り合いながら、舌を深く絡ませる。唾液を交換して味わえば、頭の芯まで痺れはじめた。

「俺、もう弘美さんのこと……」

この愛しい人を、もう絶対に離したくない。腕のなかの女体を揺さぶり、真下から硬直したペニスを突きあげた。

「そんなに深く、あああッ、すごくいいのぉっ」

弘美の乱れ方が激しくなる。あられもないよがり泣きを響かせて、腰をグイグイしゃくりあげてきた。膣の奥がよほど感じるらしい。亀頭の先端が子宮口を擦りあげるたび、全身を痙攣させて快感を訴えた。

「晃太郎くんとひとつになってるの、あああッ」

彼女の言葉が晃太郎の悦びとなる。媚肉に包まれた肉棒が跳ねあがり、いよいよ最後の瞬間が迫ってきた。

「くおおッ、気持ちいいっ」

膝を大きく動かし、女体を上下に揺さぶった。柔らかい尻たぶを揉みしだき、亀頭を膣の奥まで抉りこませる。そうしながら首筋に唾液の筋をつけて、愛らしい耳たぶを甘噛みした。

「はあああッ、も、もう……あああッ、もうダメぇっ」

「俺もです、おおおおッ」

弘美が悦びの声をあげれば、晃太郎も絶頂が迫っていることを素直に告げる。もう我慢するつもりはない。見つめ合うだけで気持ちが加速する。二人は歓喜の瞬間に向けて、獣のように腰を振りたてた。

「あああッ、いい、晃太郎くん、わたし、おかしくなるっ」

「弘美さんっ、おおおッ、弘美さんっ」

互いの名前を呼び合い、相手の背中に爪を立てる。剛根が膣奥を抉り、膣襞が太幹を絞りあげる。深く繋がれば繋がるほど、心までひとつに溶け合っていく。肌をぴったり密着させることで、愉悦が何十倍にも膨れあがった。

「くううッ、もう……もう出そうですっ」

「ああッ、わたしも、あああッ、来てっ」

彼女が叫んだ直後、女壺に埋めこんだペニスが脈動を開始した。破裂寸前まで膨張した亀頭が、ドクンッと熱い粘液を解き放った。

「おおおおッ、出る出るっ、ぬおおおおおおッ！」

「ひああッ、い、いいっ、わたしもイッちゃうっ、あぁあああああああッ！」

晃太郎が沸騰したザーメンを注ぎこむと、弘美の女体がガクガク震えはじめた。アクメの嵐に襲われて、蜜壺をこれでもかと収縮させた。

「くううッ、す、すごいっ、おおおおッ、くおおおおおおおッ！」

絶頂の波が二度、三度と押し寄せて、白いマグマが繰り返し噴きあがる。晃太郎は何度も股間を突きあげて、大量の精液を放出した。

「はあああッ、またイクッ、イクイクッ、あああッ、イックううううッ！」

弘美も連続アクメに達して全身を力ませる。きつく抱き合ったまま、二人いっしょに昇り詰めていく。深く繋がり、対面座位で肌を密着させてオルガスムスを共有した。

頭のなかが真っ白になるほどの愉悦だった。

絶頂の余韻がつづくなか、貪るようにキスをする。繋がったままの股間は、互いの体液でドロドロになっていた。愛蜜とザーメンが混ざり合い、身じろぎするたびに淫らな音が響き渡った。

「もう絶対に離さない……絶対に離さないよ」

キスの合間に囁きかける。すると、弘美は答えるように強く抱きついてきた。

「離さないで……ずっと、ずっと……」

「うん、約束する……約束するよ」

熱いものがこみあげてくる。いつしか、二人して涙を流しながら、狭い六畳間に置かれたベッドの上で、熱烈な口づけを交わしていた。

(必ず幸せにするよ)

晃太郎は心のなかで語りかけた。

二人いっしょなら、きっとどんな困難も乗り越えられる。これから先、一生彼女を守っていくと心に誓った。

4

雲ひとつない青空がひろがっている。

梅雨(つゆ)に入ってじめじめした天気がつづいていたが、この日は嘘のように晴れ渡っていた。

　晃太郎は大学の講義が終わった後、友人たちの飲みの誘いを断り、いつものように福猫通りにやってきた。

　弘美と付き合いはじめて、半月ほどが経っている。まだ二人だけの秘密だが、時期を見て泰造に報告するつもりだ。とにかく、毎日が薔薇色で、生きているのが楽しかった。

　きたがわ屋の前では、ミケさまが気持ちよさそうに昼寝をしていた。横向きになって丸まり、ピクリとも動かなかった。

「よお、ミケさま」

　一応、声をかけると、ミケさまは目を開けずに髭をヒクつかせた。どうやら、晃太郎が来たと認識しているようだった。

「こんにちは」

　暖簾を潜って店内に入ると、いきなり大勢の人たちに出迎えられた。

「な、なんだ？」

　席はすべて埋まっている。立ったまま湯飲みを手にしている人や、団子を食べている人もいた。よく見ると、みんな知った顔ばかりだ。なぜか参道の人たちが大勢集まっていた。

「なにか、あったんですか?」

首をかしげながら尋ねると、銭湯の息子の勝雄が立ちあがった。

「なにかじゃねえよ!　おまえ」

口調は乱暴だが、顔は笑っていた。

「そうよ、びっくりしちゃった」

鰻屋の佳奈子がそう言うと、小料理屋の香澄も同調する。

「教えてくれればいいのに、晃太郎くんたら水臭いんだから」

どうやら、弘美と交際していることがバレたらしい。他のみんなも晃太郎に注目していた。戸惑っていると、煎餅屋の朱音がすっと近づいてきた。

「晃太郎、ごめんっ」

顔の前で両手を合わせて謝ってくる。弘美は二人のことを朱音にだけは話していたらしい。そして、みんなに打ち明ける時期を相談していたのだが、朱音は黙っていられず話してしまったという。

「ちょっと、朱音さん」

「おめでたい話だからいいでしょ」

「ま、まあそうですけど」

そこまで話したところで、店の奥から泰造が姿を見せた。

「おい、晃太郎、おまえ俺に黙ってたな！」

相変わらずの強面だが、本気で怒っているわけではない。目の奥には嬉しそうな光が宿っている。なにより娘の幸せを願っているのだろう。

晃太郎は姿勢を正すと、

「弘美さんのこと、絶対に悲しませたりしません」

すかさず頭をさげた。

「まあ、しょうがねえなぁ、弘美がおまえがいいって言うんだから」

泰造は厳めしい顔で大きく頷き、低い声でそう言う。すると、参道のみんなから歓声が湧きあがった。

だるま屋の源助じいさんもいる。薬局のタエさんもいる。それに漬物屋の跡取り息子、清隆もいた。

そして、明美の姿もあった。

泰造と弘美は変わりなくいっしょに住んでいる。

弘美の実の母親である明美は、泰造と話し合った後、ときおり店の手伝いに来るようになっていた。

さらに奥から弘美が出てくると、みんなの興奮はピークに達する。まるで結婚披露宴のように並ばされて、冷やかしの声が飛び交った。

「なんか、ごめんね」

弘美が申し訳なさそうに謝ってくる。でも、まったく嫌な気はしなかった。

「全然大丈夫です。っていうか、みんなに知ってもらえてよかったかも」

「ふふっ、それならよかった」

小声でやりとりしていると、またしても勝雄が茶々を入れてきた。

「晃太郎、大学を出たら、きたがわ屋を継ぐために修業するんだろ？」

みんながどっと湧く。晃太郎と弘美も思わず笑顔になった。

確かにここで働くのも悪くない。まだ先のことはわからないが、決まっていることがひとつだけあった。

隣に立っている弘美の手をそっと握る。すると、彼女は耳を赤くしながら、やさしく握り返してくれた。繋いだこの手だけは、なにがあろうと離さない。それだけは強く心に決めていた。

（了）

※本書は二〇一五年一一月に刊行された竹書房文庫『下町とろみつ通り』の新装版です。

＊本作品はフィクションです。作品内に登場する人名、地名、団体名等は実在のものとは関係ありません。

長編小説

下町とろみつ通り <新装版>

葉月奏太

2023年11月27日　初版第一刷発行

ブックデザイン…………………… 橋元浩明(sowhat.Inc.)

発行人……………………………………… 後藤明信

発行所………………………………… 株式会社竹書房

〒102-0075　東京都千代田区三番町８－１

三番町東急ビル６Ｆ

email：info@takeshobo.co.jp

http://www.takeshobo.co.jp

印刷・製本……………………… 中央精版印刷株式会社